●丛书主编　庆振轩

故事里的文学经典

明文

安家琪　刘顺　著

兰州大学出版社

图书在版编目（ＣＩＰ）数据

故事里的文学经典. 明文 / 安家琪，刘顺著. —— 兰州 : 兰州大学出版社，2014.7
ISBN 978-7-311-04505-0

Ⅰ. ①故… Ⅱ. ①安… ②刘… Ⅲ. ①古典散文—文学欣赏—中国—明代 Ⅳ. ①I206.2

中国版本图书馆CIP数据核字(2014)第158311号

策划编辑　张　仁
责任编辑　李　丽
装帧设计　张友乾

书　　名　故事里的文学经典　明文
作　　者　安家琪　刘　顺　著
出版发行　兰州大学出版社　（地址：兰州市天水南路222号　730000）
电　　话　0931-8912613(总编办公室)　0931-8617156(营销中心)
　　　　　0931-8914298(读者服务部)
网　　址　http://www.onbook.com.cn
电子信箱　press@lzu.edu.cn
印　　刷　兰州德辉印刷有限责任公司
开　　本　710 mm×1020 mm　1/16
印　　张　11
字　　数　165千
版　　次　2014年7月第1版
印　　次　2014年7月第1次印刷
书　　号　ISBN 978-7-311-04505-0
定　　价　22.00元

（图书若有破损、缺页、掉页可随时与本社联系）

学海无涯乐作舟
——"故事里的文学经典"系列序言

北宋文坛领袖欧阳修曾说:

> 立身以求学为先,求学以读书为要。

欧阳修是一位政治家、思想家、改革家,也是一位教育家,他认为人生如果要有一番作为,就要努力求学读书。千余年过去,时至今日,立志向学,勤奋读书,教育强国,已经形成社会共识。然而读什么书,如何读书,依然是许多人困惑和思考的问题。

人们常说"开卷有益",又说"好书不厌百回读",所谓的好书、有益的书,应该指的是经典作家的经典作品。何谓经典? 瑞士作家赫尔曼·黑塞在《获得教养的途径》中认为,经典作品是"我正在重读",而不是"我正在读"的书。人文学科都有各自的经典作家和经典作品,诸如"哲学经典"、"史学经典"、"文学经典"等等。范仲淹曾经说过:"劝学之要,莫尚宗经。宗经则道大,道大则才大,才大则功大。"(《上时相议制举书》)儒家把《诗经》、《尚书》、《仪礼》、《乐经》、《周易》、《春秋》尊为"六经",文人学士研修经典的目的是为了经世致用,"六经之旨不同,而其道同归于用"。"故深于《易》者长于变,深于《书》者长于治,深于《诗》者长于风,深于《春秋》者长于断,深于《礼》者长于制,深于《乐》者长于性。"(陈舜俞《说用》)范仲淹与其再传弟子陈舜俞都是从造就经邦济世的通才、大才的角度论述儒家经典的。但古人研读经典,由于身份不同、目的不同,取径也不尽相同。郭绍虞在《中国文学批评史》中指出:"古文家、道学家和政治家一样的宗经,但是古文家于经中求其文,道学家于经中求其道,而政治家则于经中求其用。"

就文学经典而言,文学经典指的是具有深厚的人文意蕴和永恒的艺术价值,为一代又一代读者反复阅读、欣赏、接收和传承,能够体现民族审美风尚和美学精神,具有广阔的阐释空间和当代存在性,能不断与读者对话,并带来新的发展,让读者在静观默想中充分体现主体价值的典范性权威性文学作品。"经也者,恒久之至道,不刊之鸿论。"(刘勰《文心雕龙·宗经》)由于经典之作要经历时

明文

·001·

间和读者的检验,所以经典作家、经典作品经典化的过程会给我们一些有益的启示:读者和作家一起赋予了经典文学的经典含义。即就宋词而言,词体始于隋末唐初,发展于晚唐五代,极盛于两宋。但在宋代,词乃小道,不登大雅之堂,终宋一代,宋词从未取得与诗文同等的地位。欧阳修在《归田录》中曾记载:

> 钱思公(惟演)虽生长富贵,而少所嗜好。在西洛时,尝语僚属言:平生唯好读书,坐则读经史,卧则读小说,上厕则读小词。盖未尝顷刻释卷也。

虽然欧阳修之意在赞扬钱惟演好读书,但言及词则曰"小词",且小词乃上厕所所读,则其地位可知。即就宋代词坛之大家如苏轼,在被贬黄州时,为避谤避祸,开始大量作词;辛弃疾于痛戒作诗之时从未中断写词的事实,也可略知其中信息。直至后世的读者研究者,越来越感知和发见了词体的独特的魅力——"词之为体,要眇宜修,能言诗之所不能言,而不能尽言诗之所能言。诗之境阔,词之言长"(王国维《人间词话》),才把词坛之苏辛,视如诗坛之李杜,赋予了宋词与唐诗相提并论的地位。

其他文体中如元杂剧之《西厢记》、章回小说之《水浒传》,也曾被封建卫道士视为"诲盗诲淫"之洪水猛兽而遭到禁毁,但名著本身的价值、读者的喜爱和历史的检验,奠定了它们经典之作的地位。

在一些经典作品经典化的过程中,读者甚至参与了经典作品的创作。李白的《静夜思》就是一个典型的个例。从文献学的角度看,宋代刊行的《李太白文集》、《李翰林集》中《静夜思》的原貌为:

> 床前看月光,疑是地上霜。
> 举头望山月,低头思故乡。

当代著名学者瞿蜕园、朱金成、安旗、詹瑛所撰编年校注、汇释集评本《李太白集》也全依宋本。但从明代开始,一些唐诗的编选者(读者)开始改变了《静夜思》的字句,形成了流行今日的李白的《静夜思》:

> 床前明月光,疑是地上霜。

举头望明月,低头思故乡。

所以,经过了历史长河的淘洗和历代无数读者检验而存留至今的中华文明宝库中的经典文学作品,是中华民族精神智慧的结晶。那么,在大力弘扬与传承优秀传统文化的今天,我们应该怎样学习阅读自《诗经》、《楚辞》以来的文学经典? 古人的一些经典之作和经典性论述可以为我们借鉴。

横看成岭侧成峰,远近高低各不同。
不识庐山真面目,只缘身在此山中。

这是苏轼在元丰七年四月,自九江往游庐山,在山中游赏十余日之后所写的《题西林壁》诗。一生好为名山游的苏轼,在畅游庐山的过程中,庐山奇秀幽美的胜景,让诗人应接不暇。苏轼于游赏中惊叹、错愕,领略了前所未有的超出想象的陌生的美感。初入庐山,庐山突兀高傲,"青山若无素,偃蹇不相亲。要识庐山面,他年是故人。"移步换景,处处仙境,诗人喜出望外,"自昔忆清赏,初将杳霭间。如今不是梦,真个在庐山!"庐山幽胜美不胜收,于是诗人在《题西林壁》这首由游山而感悟人生的诗作中,寄寓了发人深思的理趣。苏轼之后,人们从不同的角度解读诗作给予人们的启悟。王国维《人间词话》中说:

明
文

诗人对于宇宙人生,须入乎其内,又须出乎其外。入乎其内,故能写之;出乎其外,故能观之。入乎其内,故有生气;出乎其外,故有高致。

而苏轼的《题西林壁》正是诗人对于人生对于庐山既入乎其内,又出乎其外的带有特有的东坡印记的智慧之作。古往今来,向往庐山,畅游庐山的游人难以数计,而神奇的庐山给予游人的感触各有不同,何以如此呢? 因为万千游客,虽同游庐山,但经历不同,观赏角度有别,学识高下不一,游赏目的异趣,他们都领略的是各自心目中的庐山,诚所谓"横看成岭侧成峰,远近高低各不同"。也正如钱钟书《谈艺录》中所说:"盖任何景物,横侧看皆五光十色;任何情怀,反复说皆千头万绪。非笔墨所易详尽。"所以,换个角度看世界,世界会更加丰富多彩;换个角度看人生,现实人生就会更具魅力;换个角度读经典,你会拥有你自己的经典,经典会更加经典。

千江有水千江月,千江水月各不同。古今中外的许多经典作家正是以独特的眼光观察大千世界,以独到的思维角度思考人生,以生花妙笔写人叙事,绘景抒情,继往开来,推陈出新,创造出一部部永恒的经典。"不畏浮云遮望眼,只缘身在最高层。"经典之所以为经典,其要因之一就是经典作家能够站在时代的制高点上,眼光独到,视点独特,思想深邃,能发前人之所未发。即以被称为"拗相公"的王安石为例,作为勇于改革的政治家,思想深刻的思想家,他的诗、文、词创作都具有鲜明的个性特色。四川大学中文系古典文学教研室选注的《宋文选·前言》中说:

王安石的文章大都是表现他的思想见解,为变法的政治斗争服务的,思想进步故识见高超,态度坚决故议论决断。其总的特色是在曲折畅达中气雄词峻。议论文字,无论长篇短说,都结构谨严,析理透辟,概括性强,准确处斩钉截铁,不可移易。

这一段话是评价王安石散文风格的,用来概括他的诗词特色也颇为恰切。王安石由于个性独特,识见高超,所以喜欢做翻案文章。他的这一类作品不是为翻案而翻案,而是确有独到深刻的见解,其《读史》、《商鞅》、《贾生》、《乌江亭》、《明妃曲》均是如此。即以其《贾生》而言,司马迁《史记》有《屈原贾生列传》,对贾谊的同情叹惋之意已在其中。李商隐因自己人生失意,对贾谊抑郁失意更为关注,其《贾生》诗曰:

宣室求贤访逐臣,贾生才调更无伦。
可怜夜半虚前席,不问苍生问鬼神。

这首咏史诗在切入点的选取上颇为独到,在对贾谊遭际的咏叹抒写之中,蕴含着深沉的政治感慨和人生伤叹,而这种感慨自伤情怀颇能引起后世怀才不遇之士的情感共鸣,给予了高度评价。但王安石评价历史人物的着眼点则跳出了个人人生君臣遇合的得失,立足于是否有用于世有助于时的角度,表达了独特的"遇与不遇"的人生价值观。遇与不遇,不在于官场职位的高低,而在于胸怀谋略是否得以实行,是否于国于民有益:

一时谋议略施行,谁道君王薄贾生。

爵位自高言尽废,古来何啻万公卿。

以人况己,以古喻今,振聋发聩,这样的诗作才当得上"绝大议论,得未曾有"的美誉。无论是回首历史,还是关注现实,抑或是感受人生,往往因作者的视角不同,立场观念有别,而感发不一,所写诗文,各呈异彩。

但是我们在阅读体验中还发现了一些很有趣的现象:读者有时所欣赏的并不是作者的得意之作,而有时候作者所自珍的,读者却有微词。欧阳修《六一诗话》有这样一段文字:

> 晏元献公文章擅天下,尤善为诗,而多称引后进,一时名士往往出其门。圣俞平生所作诗多矣,然公独爱其两联,云"寒鱼犹著底,白鹭已飞前",又"絮暖鯫鱼繁,露添莼菜紫"。余尝于圣俞家见公自书手简,再三称赏此二联。余疑而问之,圣俞曰:"此非我之极致,岂公偶自得意于其间乎?"乃知自古文士不独知己难得,而知人亦难也。

欧阳修这种阅读体验不止一端,刘攽《中山诗话》记载:永叔云:"知圣俞者莫如某,然圣俞平生所自负者,皆某所不好。圣俞所卑下者,皆某所称赏。"于是也感慨知心赏音之难。

正因为知心赏音之难,所以古人强调阅读欣赏应该知人论世。于是了解探究历史,就有"纪事本末"类的系列著述。阅读欣赏诗词,即有《本事诗》、《本事词》、《词林纪事》、《唐诗纪事》、《宋诗纪事》、《明诗纪事》、《清诗纪事》等著作;阅读唐宋散文,也有《全唐文纪事》、《宋文纪事》之类的著述。对于读者而言,这些著述有助于我们由事知史,由事知人,进而由事知诗,由事知词,由事知文;或者说有助于我们加深对相关诗、词、文的深入了解。正是从这个视点出发,出于弘扬传统文化,建设社会主义精神文明的责任感与使命感,兰州大学出版社策划出版"故事里的文学经典"、"故事里的史学经典"、"故事里的哲学经典"(统称为"换个角度读经典")系列丛书,同样出于历史使命感,我们愉快地接受了"故事里的文学经典"系列的撰写工作,首批包括《故事里的文学经典之唐五代词》、《故事里的文学经典之唐文》、《故事里的文学经典之宋文》、《故事里的文学经典之北宋诗》、《故事里的文学经典之南宋诗》、《故事里的文学经典之元曲》、《故事里的文学经典之唐诗》、《故事里的文学经典之宋词》。

当凝聚着丛书的策划者和撰著者共同心血的著述即将付梓之际，我们为和兰州大学出版社这次愉快的合作感到由衷的高兴，因为共同的弘扬优秀传统文化的目标，出好书就成为我们共同的意愿，所以撰写以至出版的一些具体问题，就很容易通过沟通达成一致。参与丛书撰写的同仁均长期从事中国古典文学的教学科研工作，怎样让经典文学作品走出大学的讲堂，走向社会，走向千家万户，是我们长期思考的问题；而由学者在一定研究基础上撰写的，面向更为广大的读者群的融学术性的严谨和能给予读者阅读的知识性、愉悦性则是出版社策划者的初衷。合作的愉快也为我们下一步自汉魏至明清诗、词、文部分的写作奠定了良好的基础。

由"本事"或者说由"故事"入手诠解阅读文学经典是我们的共识。

那些与诗、词、文密切相关的"本事"，在古典文学名篇佳作的赏鉴研读中，主要是指与相关作品的创作、传播以及作家的生平遭际有关的"故事"，抑或是趣事逸闻，其本身就是最通俗、最形象吸引读者的"文学评论"，许多流誉后世的名篇佳作，几乎都伴随有引人入胜的"故事"或传说。这些故事或发生于作家写作之前，是为触发其写作的契机，所谓"感于哀乐，缘事而发"；或是出于一种自觉的责任感使命感，"文章合为时而著，歌诗合为事而作"。而有些诗文本身就在讲故事，史传文学本身就与后世小说特别是传奇小说有千丝万缕的联系，所以唐宋散文中的一些纪传体散文名篇诸如《张中丞传后叙》、《段太尉逸事状》、《杨烈妇传》、《唐河店妪传》、《姚平仲小传》等颇具小说笔法。即如范仲淹之《岳阳楼记》，王庭震《古文集成》中也记述说：

明文

> 《后山诗话》云："文正为《岳阳楼记》，用对语说时景，世以为奇。尹师鲁读之，曰：'传奇'体耳！"《传奇》，唐裴铏所著小说也。

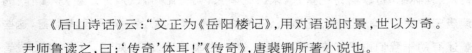

有些诗歌也是感人的叙事诗，在很多读者那里了解的苏小妹的故事，只是民间的传说，得之于话本小说《苏小妹三难新郎》、近年新编的影视作品《鹊桥仙》等。人们出于良好的心里愿望，去观看欣赏苏小妹和秦观的所谓爱情佳话，让聪明贤惠的苏小妹和苏轼最得意的门生秦观在虚构的小说、戏曲、影视作品中成就美好姻缘，而不去考虑受虐病逝于皇祐四年（1052）的苏洵最小的女儿、

苏轼的姐姐八娘，和出生在皇祐元年（1049）的秦观结为秦晋之好是根本不可能的！而苏洵的《自尤》诗即以泣血之情记述了爱女所嫁非人，被虐致死的锥心之痛。但长期以来，由于资料的散佚，一些研究苏轼的专家对此亦语焉不详，台湾学者李一冰所著《苏东坡新传》即曰：

> 苏洵痛失爱女，怨愤不平，作《自尤》诗以哀其女（今已不传）。

我们依据增枣庄先生《嘉祐集笺注》收录了《自尤》诗并叙，并未多加诠释，因为诗作本身就为我们含悲带愤地讲述了一个凄惨的八娘的短暂的一生的悲剧故事。苏小妹不是一个传说！

当然，也有一些故事发生在诗作传播之后，如《舆地广记》和《艇斋诗话》都记载，苏轼"为报先生春睡美，道人轻打五更钟"传到京城，章惇认为东坡生活快活安稳，于是又把诗人贬到海南。但是不论诗人是直书其事，还是借史言事，是因事论事，还是即事兴感，与诗作相关与诗人遭际相关的故事，都有助于我们对经典诗文在知人论世的基础上去读解诠释。

在"换个角度读经典"系列丛书之"故事里的文学经典"（第一批）将要出版发行之际，我们对兰州大学出版社的张仁先生、张映春女士为之付出的大量心血和兢兢业业一丝不苟的敬业精神表示由衷的感佩；对兰州大学文学院党政领导班子，特别是张炳臣同志对于丛书的写作出版自始至终的关注支持深表感谢。同时，由于切入角度不同，对于相关诗、词、曲、文名篇的诠解也仅是我们的一得之见，所以我们热望广大读者多提宝贵意见，书山有路勤为径，学海无涯乐作舟，愿读者诸君和我们一起愉快阅读经典的同时，换个角度，读出我们各自心目当中的经典。

明文

庆振轩

二〇一三年八月于兰州

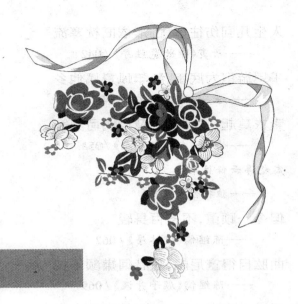

目　录

明
文

明
文

明
文

此情可待成追忆

——如烟往事

　　1368 年，朱元璋于应天府（南京）称帝，国祚 276 年的大明王朝，大幕初启，汉人重新成为华夏历史进程的主导者。虽然，相较于两宋文明的璀璨光华，朱明王朝实有不逮，但亦足有胜之者，今日文史研究多有言及的"性灵"文字即可为一端。在文字的世界中，明代文士精心构筑着内心的一方世界，无论是"明日隔山岳"的河梁送别、"木犹如此，人何以堪"的时迈如电，抑或是"访旧半为鬼"的阴阳异路、"情之所至，可生可死"的两情相许，明人均能自出机杼、别开生面，成就一段幽艳冷香、摇荡生情之文字。

明文

明日隔山岳,世事两茫茫

——汤显祖《与岳石梁》

汤显祖(1550—1616)

明
文

岳石梁,名和声,字石梁,嘉兴(今属浙江)人。曾出守庆远(治所在宜山),擢惠潮道(惠州、潮州,今属广东省)参政,改补九江,官至蓟辽巡抚,著有《餐薇子集》。岳石梁与其兄岳元声(字石帆)均为汤显祖挚友。汤显祖字义仍,号若士,江西临川人,以"临川四梦"名著于世。出身书香世家,为人耿直,一生仕宦坎坷。《与岳石梁》文当作于汤显祖罢官归家之时,文中所传达出二人数十载之情谊,沉郁深切:

石梁过我,风雨黯然,酒频温而易寒,烛累明而似暗。二十余年昆弟道义骨肉之爱,半宵倾尽。明日送之郡西章渡,险而讫济,两岸相看,三顾而别。知九月当更尽龙沙之概。见石梁如见石帆,终不能了我石帆之愿也。

虽然只有短短近百字,但这些说出的,却无一不指向那些满载情感却未曾说出,亦不知从何说起的沉重话语。或许,汤显祖想说:自与石梁兄台阔别,彼此间惺惺相惜、互相挂牵之念,连无情之造化自然亦为之动容;故而,昔日相聚时如许风和日丽的日子,在如今却变成眼下风雨如晦的花果飘零。二十年来,我无时不企盼着重逢之日,即便深知自己乃耽于幻想而过于迂阔,但我仍旧频频添酒回灯,精心布置着想象中有朝一日彼此重逢的场景,茕茕执守着心中的这份期待;哪怕,它终究亦会如风雨过后的落红满径。看来,真的是精诚所至,金石为开,二十余载的期待,于此刻终化而为真。石梁探我之日,同样的风雨黯然,同样的添酒回灯,只是,眼下之景却非老杜与郑虔"清夜沉沉动春酌,灯前细雨檐花落"之静谧温暖,而是如"草草杯盘共笑语,昏昏灯火话平生"之淡淡的怅然。重聚的温情之中,总是暗含几分人生的悲凉与怆然,在老友间交杯错盏的暂时欢乐之际不定时地袭来;因为离别,因为人生的失意,因为对一己生命无法把捉与操纵的体悟。汤显祖与友人难以抛却这些人生在世的生存体验、这些生命轨迹中的节点印痕。于是,"酒频温而易寒,烛累明而似暗",重聚之日,风雨黯然,阴冷的天气使得频频所温之酒如此轻易地变凉,而接连不断地燃烛亦无法遣散天气之阴晦。你我二人在漫长阔别后的重逢之时再叙二十余载的兄弟骨肉之情,不知不觉中,忘记了时间,忘记了眼下的宴席与

马远《踏歌图》

杯中之酒。温而复温之酒转凉,支复一支的燃烛转暗。但再暖的酒,也无法消融你我内心深处的某些冰痕;再明的烛光,也无法驱散彼此记忆中的某些阴

杜甫(712—770)

明 文

· 003 ·

霾。简单的两句话,却传达出如此丰富,可供读者去不断发掘与体味的兴发之感、言外之意,确乎妙哉!

接下来,汤显祖说道:次日,你辞别我远行。我送你至岸边,水急流湍,路险途遥。你的行舟已渐行渐远,但我们彼此仍隔岸遥相望。我频频回首,直至你的背影逐渐融化于渺远的天水相连中。我知道,你九月又要动身。虽然我见到石梁兄,多少可以宽慰我对石帆兄的思念;但我欲与之"兴

酣更抵掌,乐极同启齿"之夙愿,却至今未圆,而尚以之为憾矣!而人生,又能有多少个重逢呢?沧海桑田的变化于不知不觉中销蚀着你我的生命。

杜甫在《赠卫八处士》一诗中写道:

> 人生不相见,动如参与商。今夕复何夕,共此灯烛光。
>
> 少壮能几时,鬓发各已苍。访旧半为鬼,惊呼热中肠。
>
> 焉知二十载,重上君子堂。昔别君未婚,儿女忽成行。
>
> 怡然敬父执,问我来何方。问答未及已,儿女罗酒浆。
>
> 夜雨剪春韭,新炊间黄粱。主称会面难,一举累十觞。
>
> 十觞亦不醉,感子故意长。明日隔山岳,世事两茫茫。

人生在世,往往为生计奔波操劳而身不由己,对一己之生存方式难以真正把捉与掌控;因此,生命中最重要的两类情感——亲情与友情,对于长期背井离乡、漂泊在外的游子而言,便弥足珍贵。但悖论在于,这些能够给予个体独自在世以力量与希冀的情感,却常因人生各自的天涯海角、南北东西的分散而散落于各个角落,"团聚"经常是一种想象中的奢侈。因此,杜甫说,人生中的挚友,动辄如天空中的参、商二星(参星居于西方酉位,约下午五点至七点出现;商星居于东方卯位,约上午五点到七点出现),一出一没,永难相见。今晚何以如此幸运,竟然能与你挑灯共叙衷情?少壮能几时?岁月催人老,不觉间你我已是鬓发苍苍。谈到故友,大半已逝,忽然发现,你我尚存血肉之躯,是如此令人难以置信!你我应当为此而感到庆幸吗?还是,有着"故人"与"故事"的那个时代,已然成为过往,而你我只是当下这个世界中不合时宜的被抛者?此邪彼邪,孰能知乎!子美写在诗中的这些话,亦正乃临川在《与岳石梁》中想要说却无从说起的。汤显祖于万历五年(1577年)、万历八年(1580年)两次会试中,均因不附当朝首辅张居正而名落孙山。张居正死后,张四维、申时行相继为相,许以翰林的地位拉临川入幕,汤氏又因前由而榜上无名。三十四岁时,汤显祖考中进士,坎坷仕途自此开始。从北京礼观政到南京太常寺博士,汤显祖的官职形同虚设。万历十九年(1591年),汤显祖在南京礼部祠祭司主事任上上《论辅臣科臣疏》,针砭时弊,言辞犀利。神宗大怒,贬其为徐闻县(今属雷州半岛)典史。一年后内迁浙江遂昌知县。期间,因擅放狱囚而为政敌弹劾。万历二十六年(1598年),汤显祖因朝廷派人入遂昌"调查",愤而辞职归乡。临川宦海沉浮的

坎坷经历使其对人生辛酸、挚友难得之感倍于常人。因此,汤临川《与岳石梁》一文中少了杜工部笔下"夜雨剪春韭,新炊间黄粱。主称会面难,一举累十觞。十觞亦不醉,感子故意长"之温情脉脉的细节描写,而是以简略的笔法,以"酒频温而易寒,烛累明而似暗。二十余年昆弟道义骨肉之爱,半宵倾尽"之寥寥数语记述二人重逢之境,字里行间流露出对人生悲凉的怅然之感与分别后无所适从之黯淡心绪。一明丽,一枯淡,宛然可见。杜子美所言"明日隔山岳,世事两茫茫",正如汤临川"险而汔济,两岸相看,三顾而别"之语,然子美诗行至此,戛然而止而兴味无穷;临川则复于结尾强调虽见友人却终难排遣人生之失意落寞、无所适从的悲凉感。此虽或因诗、文之体裁各异而有别,但结句"终不能了我石

倪瓒《水竹居图》

帆之愿"的浓重的难以自适之感,却逗露出临川内心之复杂情绪。临川自幼师从泰州学派王艮之三传弟子罗汝芳,承王守仁"心即理"的哲学思想,以对峙程朱理学之"天理"观。表现在文学创作中,临川以为"世总为情"(《耳伯麻姑游诗序》),"人生而有情"(《宜黄县戏神清源师庙记》),"性无善无恶,情有之"(《复甘义麓》)。故而,汤氏反对是时之"复古"观,倡导"以情格理"之"情至"观,认为"天下文章所以有生气者,全在奇士。士奇则心灵,心灵则能飞动,能飞动则下上天地,来去古今,可以屈伸长短,生灭如意,如意则可以无所不如"(《序丘毛伯稿》)。相较杜氏之平易真切、娓娓道来而余味不穷,临川文中"风雨黯然,酒频温而易寒,烛累明而似暗"的冷暗背景与凄怆心境,直接而强烈。情之所至,一往而深,汤氏直言无讳的个性、追求"以情格理"的"情至"观,跃然纸上。后人评之曰:"离合景谊,数言欲了",可谓肯恰之语。

　　"友情"自古及今是文学创作中常有常新之话题,古老的《诗经》中即有"嘤嘤鸣矣,求其友声"之句;自此而后,代不乏人。而将"友情"的书写置于生命困

明
文

塞的生存体验之下加以铺排,便更加凸显出"友情"之于人生的意义。清代顾贞观曾于冬季千佛寺的冰雪之中作《金缕曲》二首寄吴汉槎,以词代书,其一曰:

> 季子平安否?便归来,平生万事,那堪回首!行路悠悠谁慰藉,母老家贫子幼。记不起,从前杯酒。魑魅搏人应见惯,总输他,覆雨翻云手,冰与雪,周旋久。泪痕莫滴牛衣透,数天涯,依然骨肉,几家能够?比似红颜多命薄,更不如今还有。只绝塞,苦寒难受。廿载包胥承一诺,盼乌头马角终相救。置此札,君怀袖。

吴汉槎,即吴兆骞,清初诗人。少有才名,与华亭彭师度、宜兴陈维崧并称"江左三凤凰"。顺治十四年,受江南科场案牵连,谪戍宁古塔(今黑龙江宁安)二十三载。顾与吴交善,是时,纳兰性德授业于顾,见此词而泣下,遂求情于其父纳兰明珠,吴兆骞终被召回。顾贞观对友人说:汉槎兄尚平安否?即便你能平安而去,平安而归,但二十余载的棋终烂柯、沧海桑田,待到你全身而返,也已

明文

顾贞观(1637—1714)

是廉颇老矣。所有的理想,所有对未来的期待,一切的一切,都已成空,都已被消磨殆尽。此刻,你当行于冰天雪地之上,一如我置身于千佛寺的冰雪之中。长路悠悠,想着身边的老母、幼子尚因家贫而食不果腹,有谁能予你以一丝宽慰?顾、吴皆由明入清,怀有一代遗民难以言说的家国之痛;因此,"覆雨翻云手""冰与雪"既明指朝中蛇鼠之辈,亦暗指清朝严酷如冰霜的统治。接下来,顾贞观运用汉代王章"牛衣对泣"、申包胥承诺包围楚国之典安慰挚友道:不要哭泣绝望,海内存知己,天涯若比邻,虽然你现在只身冰天雪地之中,遭受苦痛而无人问津,但我向你承诺,一定解救你于危难

之中，"乌头白，马生角"的奇迹终会出现。（此处引用《史记·刺客列传·燕丹子》之故实。战国末年，燕国太子丹在秦国做人质，与秦王嬴政发生冲突而被囚禁。太子丹请求归国，秦王道："乌头白，马生角，乃许耳。"太子丹仰天长叹，遂有乌鸦白头，马生犄角，秦王只好遣送太子丹回国。）在第二首词中，顾氏又追述二人为"冰霜摧折"的千难万恨，劝友人"词赋从今须少作"，以免因"文字"而招致杀身之祸。虽然汤显祖在《与岳石梁》中以"二十余年昆弟道义骨肉之爱，半宵倾尽"之语，极尽简练地记述了二人互诉衷肠的经过，但个中所包蕴的彼此间之回忆、叹惋、宽慰、勉励与期待，正如顾氏于两首词中之所言。

生命中有很多不堪回首，也有很多艰难以赴；但一声"季子平安否"，足以让身陷蹇途的旅人不枉此生，在面对"明日隔山岳，世事两茫茫"的未知之际，怀有"晚来天欲雪，能饮一杯无"的温情。

明日隔山岳，世事两茫茫

木犹如此，人何以堪

——归有光《项脊轩志》

　　项脊轩，旧南阁子也。室仅方丈，可容一人居。百年老屋，尘泥渗漉，雨泽下注；每移案，顾视无可置者。又北向，不能得日，日过午已昏。余稍为修葺，使不上漏。前辟四窗，垣墙周庭，以当南日，日影反照，室始洞然。又杂植兰桂竹木于庭，旧时栏楯，亦遂增胜。借书满架，偃仰啸歌，冥然兀坐，万籁有声；而庭阶寂寂，小鸟时来啄食，人至不去。三五之夜，明月半墙，桂影斑驳，风移影动，珊珊可爱。

弘历鉴古图

　　项脊轩，归有光家宅中的一间阁屋，因归氏远祖曾居住于江苏太仓的项脊泾而得名。或许是出于对祖辈的尊重与怀念，也或许是项脊轩对归有光的生命有着特殊的意义，总之，归有光自号"项脊生"，当与此不无关联。这间一丈见方的南阁子，仅容得一人居住。历时百年的老屋，每逢雨天，屋檐上溶着灰尘的雨水便沿着四周的瓦缝渗入屋内，甚至滴溅到桌案之上。为此，项脊生常想挪动桌几;但每每环顾四周,却又苦于难觅安置之所而罢之。项脊轩坐南朝北,地处阴面,时过正午,室内便逐渐转暗。面对这间承载着先辈人生、凝聚着几代人记忆的老宅,归氏不忍弃之而去。因此,便对其稍加修葺,使得屋顶不再漏雨;又在北向开了四扇窗,在庭院的四周围筑起垣墙用以遮挡南来的阳光,借助阳光的反射,室内方略显通亮,人之而稍有豁然之感。此外,尚于庭院内栽种诸如兰花、桂树、修竹、佳木等植被,旧时的围栏,亦因之而生辉。或于满架书中随意抽得一卷,高声吟诵,俯仰之间而怡然自得;或玄默端坐,倾听自然万物发出的各种声响,感受置身于天地之间"一体之仁"的大快乐。鸟儿不时于寂寂庭阶之上啄食,似乎已与主人达成了默契。而十五之夜,月光透过疏疏朗朗的桂树叶悄然而入,庭院的墙面上映着斑驳错落的桂影,影随风动,轻盈舒缓,活泼可人。

　　在对项脊轩修葺前后的娓娓道来中,归有光不断将生活雅化、精致化,每一为常人所忽视的细节,在项脊生笔下皆透显着生活之精雅,简易疏淡之中洋溢着活泼生命的风韵、凡常自然的幸福。然而在接下来,归有光对项脊轩之白描转入对人与事之追忆,归氏行文的情绪亦由喜而入悲:

　　　　然予居于此,多可喜,亦多可悲。先是庭中通南北为一,迨诸父异爨,内外多置小门墙,往往而是。东犬西吠,客逾庖而宴,鸡栖于厅。庭中始为篱,已为墙,凡再变矣。家有老妪,尝居于此。妪,先大母婢也,乳二世。先妣抚之甚厚。室西连于中闺,先妣尝一至。妪每谓予曰:"某所,而母立于兹。"妪又曰:"汝姊在吾怀,呱呱而泣。娘以指叩门扉,曰:'儿寒乎? 欲食乎?'吾从板外相为应答。"语未毕,余泣,妪亦泣。余自束发读书轩中,一日,大母过余曰:"吾儿,久不见若影,何竟日默默在此,大类女郎也?"比去,以手阖门,自语曰:"吾家读书久不效,儿之成,则可待乎?"顷之,持一象笏至,曰:"此吾祖太常公宣德间执此以朝,他日汝当用之。"瞻顾遗迹,如在昨日,令人长号不自禁。

　　虽然修葺后的项脊轩生意盎然,但寓居于此,追忆起昔日生活于此中的情形,家庭变迁之痛、亲人永逝之恨,顿时聚涌心间,沛然莫之能御,一时间悲从中来,不可断绝。归氏不无叹惋地写道:原本贯通南北的庭院,自诸伯父、叔父分家后,处处被隔以门墙;曾经的亲人,隔膜而成陌路。来客须穿过厨房而入宴,庭中鸡犬之声相闻,一片喧闹嘈杂混乱之景。而庭院四围先置篱笆,后又代之

黄应谌《陋室铭图》(局部)

以墙。凡此种种,已非童年记忆中之温馨旧园。家中有一服侍祖母的婢女,待祖母去世后,曾暂住于项脊轩,并做了两代人的奶娘,母亲生前遇之甚厚。至今,老婆婆尚经常对我提及:"那里,就是你母亲曾经站立过的地方"——因为项脊轩西面与内室相连,母亲曾经来过。她又常追忆道:"当时,你姐姐在我的怀里大哭不止,你母亲听到哭声,心焦如焚而又无可奈何地敲着房门说:'孩子冷吗?还是想吃东西?'我就隔着门板应答。"话未及毕,我已潸然泪下。接着,归氏复联想到祖母劝己进学之事,沉浸其中而难以自拔,缅怀项脊轩中不复的亲情。夙昔之情之景,宛然而现,历历在目。行文至此,归氏再也无法压制一己之悲情,长号而不能自已。

由"悲"而"泣",复至"长号不自禁",归有光的情感不断积聚、攀升,终至极限,如决口之堤,一举喷涌流泻而不能自持。此正乃情之所至,一往而深。《世说新语·伤逝》载:

> 王戎丧儿万子,山简往省之,王悲不自胜。简曰:"孩抱中物,何至于此?"王曰:"圣人忘情,最下不及情。情之所钟,正在我辈。"简服其言,更为之恸。

王戎生性俭吝,虽既贵且富,拥有区宅、僮牧、膏田水碓之属无算,洛下无人可比,然其侄子大婚,王戎仅与之以一单衣作为礼物,事后更对其苛责不已;又每每与夫人于烛下筹算他人留下的借据。家中有上好的李子待售,卖时又怕别人得到李子核作为种子而抢了自己的生意,故而事先将李子核一颗颗钻出洞

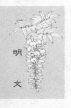

孔,使之无法发芽结果(《世说新语·俭啬》)。就是这样一个吝啬贪鄙之人,却能道出"圣人忘情,最下不及情。情之所钟,正在我辈"如此入情之语;并于遭大丧时鸡骨支床,哀毁骨立,以"死孝"见称(《世说新语·德行》),"钟情"之态,实有"最下者"所不能解亦不能为者。然王戎又岂是此人世间之独行者?《伤逝》篇又载:

> 顾彦先平生好琴,及丧,家人常以琴置灵床上。张季鹰往哭之,不胜其恸,遂径上床,鼓琴作数曲,竟,抚琴曰:"顾彦先颇复赏此不?"因又大恸,遂不执孝子手而出。

一个"情"字,竟可让世人如此率情至性,实在难得。后周末,石氏于汴京开一茶馆,一乞丐经过,石姓少女怜其落魄,乃暗中于一个月间为之送茶。后乞丐让少女喝其饮过之残茶,女嫌恶,遂倒茶于地,顿时香气漫生。女子方知乞丐诚非常人可比,遂饮下杯中余茶。乞丐自云是吕仙,石姓少女既无缘喝光自己之茶,但一月间端茶送水,毕竟有缘,故仍可足其一心愿。女欲长寿,乞丐告之曰:"子午当餐日月精,无关门户启还扃。长似此,过平生,且把阴阳仔细烹。"(《词苑丛谈》)神仙即在睫前,石姓少女不欲返本归真、修成正果,却因留恋凡

顾荣(顾彦先)(?—312)

尘而欲求长生;可见,人世间,"情"最难忘,最难抛,也最不可逃。归有光年方八龄,即遭失恃之痛。在《先妣事略》中,他满怀深情地追忆生母周桂:

> 先妣周孺人,弘治元年二月二十一日生。年十六来归。逾年生女淑静,淑静者大姊也;期而生有光;又期而生女子,殇一人,期而不育者一人;又逾年生有尚,妊十二月;逾年,生淑顺;一岁,又生有功。有功之生也,孺人比乳他子加健。然数颦蹙顾诸婢曰:"吾为多子苦!"老妪以杯水盛二螺进,曰:"饮此,后妊不数矣。"孺人举之尽,喑不能言。
> 正德八年五月二十三日,孺人卒。诸儿见家人泣,则随之泣。然

犹以为母寝也，伤哉！于是家人延画工画，出二子，命之曰：鼻以上画有光，鼻以下画大姊。以二子肖母也。

……

孺人之吴家桥则治木绵；入城则缉纑，灯火荧荧，每至夜分。外祖不二日使人问遗。孺人不忧米盐，乃劳苦若不谋夕。冬月炉火炭屑，使婢子为团，累累曝阶下。室靡弃物，家无闲人。儿女大者攀衣，小者乳抱，手中纫缀不辍。户内洒然。遇僮奴有恩，虽至棰楚，皆不忍有后言。吴家桥岁致鱼蟹饼饵，率人人得食。家中人闻吴家桥人至，皆喜。有光七岁，与从兄有嘉入学，每阴风细雨，从兄辄留，有光意恋恋，不得留也。孺人中夜觉寝，促有光暗诵《孝经》即熟读，无一字龃龉，乃喜。

孺人卒，母何孺人亦卒。周氏家有羊狗瘭。舅母卒，四姨归顾氏，又卒，死三十人而定。惟外祖与二舅存。

孺人死十一年，大姊归王三接，孺人所许聘者也。十二年，有光补学官弟子，十六年而有妇，孺子所聘者也。期而抱女，抚爱之，益念孺人。中夜与其妇泣，追惟一二，仿佛如昨，馀则茫然矣。世乃有无母之人，天乎痛哉！

明
文

· 012 ·

《震川先生集》

周氏一生子女众多，却多有夭亡，加上日夜操劳，又因误服药物而导致喑哑不能言，其人生可谓困蹇之至。二十五岁即与世长辞。是时，项脊生尚幼，犹以为母寝，过些时日便会醒来，一切亦会如昨。或许，正因此念，他贪玩、好奇而又不耐烦地出现在葬礼上，甚至没有留意母亲最后一眼。岂知从此将与生母阴阳两隔而再无相见之日！而"鼻以上画有光，鼻以下画大姊。以二子肖母也"，更是一个不谙世事的儿子对已逝母亲所尽的最后一份心意。"诸儿见家人泣，则随之泣。然犹以为母寝也，伤哉"，以不假修饰、不着痕迹的白描之笔，在"家人泣"与"诸儿随之泣"的两相对比中,将自己至今之人生大恨憾抒写得淋漓尽致。在文章最后,归有光说,生母离世已十一载矣,大姐出嫁,亲事为母亲所订;而我亦于母亲去世十六载之时娶了昔日母亲为我说定的姑娘——原来,母亲为了子女,可以如此殚精竭虑、劬劬劳心。一年之后,我有了自己的女儿,每每当我充满怜爱地抚弄她时,对母亲的思念总是强烈地撕扯着我的内心。与妻子深夜对泣,所能够回忆与追述的唯寥寥一二如历睫前之事,其余则茫然不知矣!我想要在脑海中使慈母复活并将她的音容笑貌铭刻于生命中的心愿,将永远地随着母亲入葬的那一刻而被深深掩埋!我再不可能去贴近与感受完整的母亲了,哪怕只是想象中的!世间丧母之痛,诚为天人所共此一痛、同声一哭之大恨憾、大悲哀,舍此而何者乎!"诸儿见家人泣,则随之泣。然犹以为母寝也",是年幼孩童内心的懵懂;至文末"中夜与其妇泣,追惟一二,仿佛如昨,馀则茫然矣",是在成长中面对生命中无可逃的孤独时,无人问津与倾诉的人生悲凉。至此,方识项脊生之"伤哉""痛哉"何其深入骨髓、透彻心扉!

正是人间"情"字之不可逃、生命中幼年失恃之大缺憾,使得归有光在多年之后回眸故宅之际,家庭之变迁、亲人之离世、辜负先祖期望之恨憾,百味杂陈,无从说起,项脊生之悲慨,如何可言!

继而,归有光笔锋一转,从巨大的悲痛中跳脱,而将书写的焦点重新归置于项脊轩本身:

> 轩东,故尝为厨;人往,从轩前过。余扃牖而居,久之,能以足音辨人。轩凡四遭火,得不焚,殆有神护者。
> 项脊生曰:"蜀清守丹穴,利甲天下,其后秦皇帝筑女怀清台。刘玄德与曹操争天下,诸葛孔明起陇中。方二人之昧昧于一隅也,世何足以知之?余区区处败屋中,方扬眉瞬目,谓有奇景。人知之者,其谓与坎井之蛙何异?"

明文

项脊轩东面的房室,曾做厨房之用;人们到那里去,皆要从轩前经过。我久居轩中,已能够通过脚步声来辨识行人。项脊轩曾四次遭受火灾,却能够不被焚毁而挺立如初,大概是有神灵保护吧。归有光逐渐从家变亲亡的阴影中走出来,将目光投注到仍须继续的未来之中:"巴蜀一带有一位名叫清的寡妇,她继承了丈夫留下的朱砂矿,通过采矿而获利,富可敌国;后世的秦始皇筑'女怀清

归有光（1506—1571）

台'来纪念她。诸葛亮出身田垄之间，以务农为生；后因刘备与曹操争夺天下，而佐助刘备，建立勋业。当此二人尚置身不为人知的偏僻角落时，伯乐又如何能够知道他们并待之以千里马呢？如今，我居住在这间破旧的小屋里，却如《庄子》中河伯望秋水般欣然自喜，以天下之美之奇尽在己；了解我的人，恐怕会视我为目光短浅的井底之蛙吧！"

这样一个结尾多少有些出乎读者意料（本文最后两段是归有光于妻亡之后补续而成），之前的沉郁悲情何以陡然一转而变为眼下人云亦云的功名之语？如此流俗的卒章显志、刻意为之甚至已然破坏了前文自然流注却真切动人的世间"情"；然而，倘若对归有光的人生经历稍加解读，便不难发现个中原委。正德元年（1506年）十二月二十四日，归有光生于江苏昆山一个累世不第的寒儒家庭，早年师从同邑魏校。八岁丧母与家境急剧败落的人生经历使其自幼便深谙世间忧难，发奋读书，励志改变家中窘状。早慧的归有光，"弱冠尽通六经、三史、大家之文"（王锡爵《明太仆寺丞归公墓志铭》），九岁已能成文章，十岁时即作出洋洋洒洒的《乞醯论》，十一二岁"已慨然有志古人"。归有光十四岁始应童子试，六年后考中第一名，补苏州府学生员，同年入南京参加乡试。信心满载的归有光却于乡试中频频落第，五上南京而榜上无名。其间呕心沥血、惨淡经营，寒窗苦读十五载，三十五岁时方以第二名中举。是时，归有光上自经史子集、下至农圃医卜，而无所不博又自有其专。其古文和俞仲蔚之诗、张子宾之制艺被誉为"昆山三绝"。主试江南的张文毅亦谓归有光乃"贾（谊）董（仲舒）再世"。以此观之，归有光考取进士应是胜券在握。谁料在乡试中后次年的礼部会试中，归有光依旧名落孙山。无奈中，归有光只得南下还乡，移居嘉定安亭江上，开始了一边传道讲学、一边读书应试的贫俭生涯。期间，四方学士纷纷慕名而来，一时间门生云集，甚至恃才傲物的徐文长也对归有光肃然起敬。世人尊称其为"震川先生"（归有光号震川）。此文作于归有光十八九岁之际，正是年轻气盛、抱负满怀；而数次童子试不中的遭遇又使其对人生前景多了几分忧虑。此时，考取功名、登

科入仕继而建功立业、光耀门楣,方是归有光对已逝之亲者的最大宽慰。因此,项脊生于文末的一番议论,既有自叹困窘之意,又有自矜抱负之怀。

五年之后,归有光娶妻魏氏:

> 余既为此志,后五年,吾妻来归。时至轩中,从余问古事,或凭几学书。吾妻归宁,述诸小妹语曰:"闻姊家有阁子,且何谓阁子也?"其后六年,吾妻死,室坏不修。其后二年,余久卧病无聊,乃使人复葺南阁子,其制稍异于前。然自后余多在外,不常居。
>
> 庭有枇杷树,吾妻死之年所手植也,今已亭亭如盖矣。

《震川先生集》卷二十五《请敕命事略》载:"先妻魏氏,继妻王氏,现妻费氏",可知归有光一生有过三次婚姻。第一位,也即本文所提到的妻子魏氏,在嫁给归有光后六年就不幸离世。第二位妻子王氏,与归有光共同生活了十四五年,也因病去世。为此,归有光一度悲恸欲绝:"头发曾有二三茎白者,照镜,视十二月忽似添十年也。自去年涕泪多,不能多看书。又念新人非故人,殊忽忽耳。"(《与沈敬甫七首》)在王氏卒后的一年之内,归有光又娶了第三位妻子——费氏。面对与魏氏过往生活的点点滴滴,归有光难掩心中悲凉:那时,新婚宴尔,妻子总是对我的生活充满了好奇。我们两人一起,或是凭几学书,或是谈古论今,不亦乐乎!后来,妻子亡故,我也不愿再回到这饱含昔日温情与今朝悲凉的伤心之地。失去主人的项脊轩,也于孤单落寞之中渐渐衰老、残破。两年后,我卧病榻上,于百无聊赖之中回想起项脊轩的种种,感慨万端;便请人重新加以修缮,阁制稍异于前。但因我常年在外,也就很少住在里面了。庭中的枇杷树,还是妻子过世时我为怀念她而亲手种植的;岁月忽焉而逝,转眼间,它也已经由当初的幼苗长成如今的蓊郁之木了!

文章虽止于斯,却

仕女图

开启无尽的回味。此情可待成追忆,只是当时已惘然——多少说不出的话语、理不清的情感,就在这延绵不绝的怅然中回荡、往返。桓温北征,经金城,见之前所种之柳,皆已有十围之粗,因慨然而叹曰:"木犹如此,人何以堪!"遂攀枝执条,泫然流泪。(《世说新语·言语》)佳木正值其生命茂盛之时,而人却将鬓作秋霜;此刻葱茏蓊郁的佳木,却意味着下一刻由盛转衰的生命悲景——那么人呢?年轻时的怀抱,对美丽芳华的感动、追寻与执守,今尚在否?还是,它们只能在时间之漏中化作脑海中的影片,在岁月的销蚀下日渐褪色而模糊?面对"亭亭如盖"之木,无论归有光、桓温,还是如你我般在世之个体,或许都会无所适从而徒余慨然之叹。归有光就在如此"繁华落尽见真醇"的轻描淡写、娓娓道来中,以平静而凡常之语,述说持久恒在却千载动人的世间"情"。"于不要紧之题,广阔不要紧之语,却自风韵疏淡。"(姚鼐)

在中国文学的抒写传统中,"追忆"一直是一个不断被言说的话题。一个物品、一起事件、一处场所、一重时间,皆可成为开启个体追忆的契机。那些耳熟能详的怀古、悼亡之作,于一代代口齿噙香的生命中缓缓流淌。在归有光的"追忆"中,项脊轩成为其展开回忆的场域,斯地斯人斯事,让生命变得柔软、温暖而又饱含韧性。而这些"追忆"所以能够打动你我,是因为它道出了你我逃不开的生命感受,曾经铭刻于心的人与事,凝聚成千载如斯的世间"情"。

明文

半生落魄已成翁,独立书斋啸晚风
——徐渭《自为墓志铭》

徐渭(1521—1593)

徐渭,字文长,正德十六年(1521年)出生于浙江绍兴府山阴城大云坊的一个没落官僚世家。父亲徐鏓曾任四川夔州府同知,与原配童氏育有徐淮、徐潞两子。后继娶苗氏。晚年纳婢女为妾,即徐渭生母。徐文长出生方百日,徐鏓便命丧黄泉。此后,徐文长由嫡母苗夫人抚养到十四岁,苗氏死后,随长兄徐淮生活。嫡母苗夫人虽对徐文长视如己出,疼爱有加,但却难容其生母。徐文长十岁时,苗氏将其生母逐出家门。年幼失母,对徐渭而言,是巨大的心灵创伤,虽然徐渭在二十九岁时,得以将生母接回自己家中,但直至晚年,他对此仍难释怀。

徐文长生性颇为聪颖,六岁读书,九岁作文,十余岁时仿扬雄之《解嘲》而作《释毁》,名震一时,被誉为"神童",比之刘晏、杨修。弱冠之年,徐文长与越中名士姚海樵、沈炼等九人相交,时称"越中十子"。徐渭向来自矜自负,常以"受书黄石,意在王者之图;挥剑白猿,心存霸国之用"自期,等待风云际会之时,一展深藏若虚的经略之志。然而,却未曾料想,正因其自负张扬,不懂得韬光养晦、大智若愚的个性,使其难能于中规中矩的八股文上有所建树,屡试辄蹶。二十岁时,徐渭勉强考中秀才,此后屡次参加乡试,直至四十一岁时,已应考了八次,然终未能中举。其间,二十一岁入赘潘家;二十六岁丧妻,从潘家迁出,以教书维持生计;嘉靖三十七年(1558年),三十八岁的徐渭应浙江巡抚、东南军务总督胡宗宪之邀,入幕府掌文书。幕僚时期,或许是徐渭人生中最荣耀、最快乐的时光。入幕之初,徐文长为胡宗宪作《进白鹿表》,嘉靖读之大悦。此后,胡宗宪便对其甚为倚重与优容。陶望龄《徐文长传》载:徐文长常与朋友相约于酒肆饮酒,总督府有急事而寻其不得,便深夜敲门而待。有人报告胡宗宪,说徐秀才正喝得酩酊大醉,大肆叫嚷,胡宗宪不但不恼怒,反大加赞赏。胡宗宪其人相貌威严,又位高权重,文武将吏参见时皆不敢抬头,唯徐文长头顶破巾,身着素衣,横冲直撞,豪闯入门,纵谈古今天下之事,旁若无人。徐渭在总督府中究竟为抗倭做过何许事宜,已难考其实。然以徐文长好奇计、喜谈兵之性格,言其曾为抗倭战争之重要谋划者当不为过。自然,幕僚有其身不由己处,胡宗宪与权臣严嵩过从甚密,徐文长虽对严嵩深恶痛绝,然又不得不代胡宗宪作若干吹捧严嵩之文。嘉靖四十一年(1562年),严嵩被免,徐阶出任内阁首辅。胡宗宪因与严嵩往来密切而为其参劾,并于次年押送进京,后因平倭有功而仅免职处分。徐文长亦因之而离开总督府。嘉靖四十四年(1565年),胡宗宪再次入狱,此次其未能幸免,终死于狱中。其幕僚亦随之受到牵连。徐渭本即生性耿直,甚至有些偏激,加之屡试未中,精神上颇受打击。其对胡宗宪被奸人构陷致死一事深感痛心与恐惧,终日惶惶不安,恍惚度日,继而对人生彻底失望,以至发狂。愤激之中,遂作《自为墓志铭》,而后拔下壁上铁钉击入耳窍,欲了却残生。然自杀未遂,医治数月方才痊愈。后又用槌击肾,亦未死。无奈之下,自持斧,击破其头,血流被面,头骨皆折,揉之有声。如此反复,多达九次。嘉靖四十五年(1566年),徐文长狂病复发,因怀疑续弦张氏不贞,故将其杀死,因而下狱。幸有太史张元忭力解,乃得出。出狱后,徐渭游历于江浙之间,登山涉水,交结友朋。万

历四年(1576年)夏,已是宣化巡抚的老友吴兑邀其北上,徐渭欣然前往。奈何身体欠佳,徐渭于宣化幕府未及一载,便于次年春辞友返乡。五年后,六十岁的徐文长应张元忭之请,往赴北京,然不久二人便因性情不合而交恶。张元忭谨言慎行,恪守礼法;而徐文长则率性不拘,锋芒毕露。二人互不相容,又互不相让。徐渭尝谓张元忭曰:"吾杀人当死,亦不过颈上一刀,而今汝竟欲蹂吾若肉糜!"故交成仇,加之官场钩心斗角,尔虞我诈,徐渭身陷其中,郁愤难耐,旧病复

严嵩(1480—1567)

发,遂于抵京三载后重归故里,终老山阴。袁宏道《徐文长传》载:"晚年,愤益深,佯狂益甚;显者至门,或拒不纳。时携钱至酒肆,呼下隶与饮……然文长竟以不得志于时,抱愤而卒。"徐渭一生不治产业,千金散尽,老来只得以卖字画糊口度日。一班门生、晚辈,或骗或抢,时得其佳作。生命中的最后几年,徐渭身患多疾,生活愈加困苦。万历二十一年(1593年),七十三岁的徐文长于病中结束了他倔强、蹇涩、无奈而又风雨飘零的一生。一剪孤叶,一阵秋风,一声长叹,一影断鸿,"天寒地滑鞭者愁,宁知得去不得去"的自白或许是徐渭对自我生命最真切的解读。

徐渭《杂花图》(局部)

与其言《自为墓志铭》乃徐渭对一己人生之盖棺定论,不如谓其乃对选择终结生命的自我剖白。文中字里行间深藏掩映着徐渭此生人莫能知、难以明言的苦楚。"山阴徐渭者,少知慕古文词,及长益力。既而有慕于道,往从长沙公究王氏宗。谓道类禅,又去扣于禅,久之,人稍许之,然文与道终两无得也。贱而懒且直,故惮贵交似傲,与众处不浣祖裼似玩,人多病之,然傲与玩,亦终两不得其情也。"长沙公即季本(1485—1563年),字明德,号彭山,山阴人,为王阳明之弟子。因曾任职长沙府,故有"长沙公"之称。"不浣祖裼"语出《孟子·公孙丑上》:"尔为尔,我为我,虽祖裼裸裎于我侧,尔焉能浣我哉?"浣,即污染、玷污之意;祖裼,谓赤裸身体。"不浣祖裼"意在言虽他者于身旁赤身露体,自己亦不以为意,不怕被玷污。徐渭说,自己少时即慕古文词,年长而于此用力益多。而后又心慕阳明心学,遂往从季本,以期通究阳明之道。季本言阳明之道类禅又有别于禅。自己师从季氏,久之,而稍有所悟,然终"文""道"两无成。出身卑贱,又性情疏懒,率直无忌,因此,内心生怕与富贵者结交,世人却目之为狂傲;与众处而更无怪癖,世人却以之为不羁。只是,狂傲也罢,不羁也罢,终亦没能得其性情

徐渭画作

之正。徐渭如此之言自然为自谦之语，然个中更蕴含一份孤独者的高贵。"贱而懒且直"，正是不合流俗、洁身自好、独守心志之士寓生命之担荷于戏谑之笑语的无奈。轻描淡写之中，涌动着一个独立天涯者心中郁积已久的孤愤与"高处不胜寒"的悲凉。如同白牡丹"应缘价高人不问"，菊花之爱"陶后鲜有闻"，莲之爱"同予者何人"，徐渭"不合时宜"的孤芳自赏，亦是与生俱来的执着："生九岁，已能为干禄文字，旷弃者十馀年，及悔学，又志迂阔，务博综，取经史诸家，虽琐至稗小，妄意穷及，每一思废寝食，览则图谱满席间。"正是如此"愚顽不化"，成就了那个于荒天枯木之间空山悲号的徐渭：

明文

　　故今齿垂四十五矣，藉于学官者二十有六年，食于二十人中者十有三年，举于乡者八而不一售，人且争笑之。而己不为动，洋洋居穷巷，儆数椽储瓶粟者十年。一旦为少保胡公，罗致幕府，典文章，数赴而数辞，投笔出门。使折简以招，卧不起，人争愚而危之，而己深以为安。其后公愈折节，等布衣，留者盖两期，赠金以数百计，食鱼而居庐，人争荣机而安之，而己深以为危，至是，忽自觅死。人谓渭文士，且操洁，可无死。不知古文士以人幕操洁而死者众矣，乃渭则自死，孰与人死之。渭为人度于义无所关时，辄疏纵不为儒缚，一涉义所否，干耻诟，介秽廉，虽断头不可夺。故其死也，亲莫制，友莫解焉。

　　尤不善治生，死之日，至无以葬，独馀收数千卷，浮磬二，研剑图画数，其所著诗若文若干篇而已。剑画先托市于乡人某，遗命促之以资葬，著稿先为友人某持去。

徐文长于半百之年回首往事，"人且争笑之，而己不为动"当是其对二十余载人生冷暖、世态炎凉最深刻的体悟。于学宫受教，被录为山阴县学生员，成为二十廪膳生员中之一人。本以为人生自此终于出现转机，然而，举于乡试者八次而不售。世人不知个中原委，争相鄙夷、嘲笑，白眼相加，以从前之"神童"而今"江郎才尽"，徒有其名；但我徐文长从未因此而质疑自我，内心丝毫不为所动，安然处陋巷之间，箪食瓢饮，曲肱枕之，而不改其乐。三十七岁时，有幸结识少保胡公宗宪，承蒙其不弃，使我得以入幕典章，知遇之恩，当作结草衔环之报。起初，差役持胡公手谕相召，胡公更数次亲赴吾庐以请，而吾皆以他故相辞。胡公权倾一时，世人皆以我得罪其乃不智而危险之举，然我深知胡公之为人，更知一己此际闲云野鹤、烟波钓徒之心志，故深以为安。而胡公非但不因之恼羞成怒，反而愈加恭谦。我力辞不过，遂应邀入幕，执掌文书。胡公动辄以百金相赠，众人皆谓我荣耀富贵，自可高枕无忧，然我却深以为危。——无论事实是否如此，徐渭如此言之，自当以刘备三顾茅庐而请诸葛孔明出山自喻自期，其飞龙在天之志，终其一生而未改；如若不然，亦不会吟得"二百年来一老生，白头落魄到西京。疲骑狭路愁官长，破帽青衫拜孝陵。亭长一坏终马上，桥山万岁始龙迎。当时事业难身遇，凭仗中官说与听"（《谒孝陵诗》）如此茕茕独守、至死不渝之句。待胡公宗宪身陷图圄、含恨而终，徐渭忽欲觅死。人言你徐渭乃一介节士，自可不必为胡公殉死；但在徐文长看来，自古文人幕僚之文士为全其洁操名烈而死者众矣。徐渭立身行事，若所遇之事于"道义"无碍，则疏纵不为儒缚；然一旦面对之事于"道义"相龃龉，则虽千万人而往矣，甚至杀身成仁、舍生取义，亦在所不惜。只是，世人皆以其为狂诞简傲、视儒道礼法若敝屣之辈，故面对徐渭欲以身殉死，亲友皆莫能解。面对世人由誉至毁、由青眼相加到争相嘲讽的转变，不为所动、处之泰然又何其难矣！徐渭个性激切，锋芒毕露，又安能真正做到"人且争笑之，而己不为

徐渭画作

明文

· 021 ·

徐渭《墨葡萄图》

明
文

·022·

动"？既能道得"昨见帙中大可诧,古人绝交宁不罢,谢榛既举为友朋,何事诗中显相骂？乃知朱毂华裾子,鱼肉布衣无顾忌！即令此辈忤谢榛,谢榛敢骂此辈未？回首世事发指冠,令我不酒亦不寒"(《廿八日雪》)如此淋漓尽致、刚烈决绝之语,又岂肯"洋洋居穷巷,僦数椽储瓶粟者十年"？而徐渭年幼失怙,又因嫡母之故,十岁时便与生母南北两隔,不复相见,更因此事而与逃跑的仆人对簿公堂;十四岁时,对其倍加疼爱的嫡母苗氏亦下世,与大哥徐淮相依为命;二十一岁时,二哥徐潞去世,徐渭返回绍兴办理丧事;二十五岁时,大哥徐淮去世,家产被无赖霸占;二十六岁时,第三次乡试落第,同年,妻子潘氏去世,徐文长迁离潘家,以教书勉强度日。从小在众人一片赞誉与期待声中成长起来的徐文长,本是踌躇满志,以"帝王师"自期;只是,希望越大,失望越大,纷至沓来的赞誉,逐渐演变为质疑,最终而为嘲讽,徐渭内心的压力亦非常人所能想见。凡此诸种,皆对徐渭偏激性格的形成起到推波助澜之效,其内心深处对他者、对世界的焦虑、恐惧、逃避乃至抗拒,亦随之潜滋暗长,终化作内心难以逾越的屏障。"存在于世"之于徐渭,仿若置身缧绁,如千万毒虫不断叮咬、侵蚀着已是千疮百孔的生命。于是,他不得不以"死亡—消逝"来终止剪不断、理还乱的惶恐情绪与进退失据、负累满身的生命体验。当"死亡"以自我终结的方式按部就班地到来,便不再如想象般可怖;此时,世间的一切之于徐渭,都已不再重要如初。他只期望,以生命中仅有的一点剑画换取些资财,托乡人以为资葬,让自己的躯体有个停歇之处——当然,也只是期望。

人之将死,其言也善,总希望能将自己此生仅存的若干生命感悟留诸世间,权当自我慰藉也好,告往知来也罢,哪怕,只是对着镜子,说与一个名叫"自我"的听众。总之,自己不是孤零零独自而来,独自而往;每逢后世遇到相仿之生命境遇时,总会想起,历史上,曾经有过一个姓徐名渭字文长的人,也曾在生命的路口如许尴尬,如许困窘,如许不知所措。即便他无法给予后世任何可资借鉴的历史资源,但"同是天涯沦落人"的身不由己,"砌下梨花一堆雪,明年谁此凭栏杆"的落寞无着,就足以让陌路相逢的彼此相拥而泣。无须言语,无须触碰,只是初次照面的四目相交,甚至只是百年而后的轻轻回眸,便顷刻间潸然泪下。原来,停驻于时光两岸的你我竟如此相近相知相契相惜。注定独自以生命融化世间况味的徐渭也不过希望,在生命结束前夕,能够一吐郁积已久的生存感受。如若只能于执手相看间选择寥寥数语,那么,他希望接下来的这番话能够找到千载而后的异代知音:"渭尝曰:余读旁书,自谓别有得于《首楞严》《庄周》《列御寇》若《黄帝·素问》诸编。倘假以岁月,更用绎纽,当尽斥诸注者缪戾,摽其旨以示后人。而于《素问》一书,尤自信而深奇。将以比岁昏子妇,遂以母养付之,得尽游名山,起僵仆,逃外物,而今已矣。渭有过不肯掩,有不知耻以为知,斯言盖不妄者。"此论概是徐渭感悟最深,亦最援以为傲的读书心得。后世注《楞严经》《庄子》《列子》者众若繁星,然多讹误缪戾之解。徐渭之愿,意在去伪存真,勘误拾遗,明其旨以示后人。而对于《黄帝内经》一书,尤以之为卓著精深。读之使仆者起,病者苏。徐渭以一己识见、学养有限,故未敢妄言。此番论见,今生已难再究,只期抛砖引玉,他日若有识音者驻足于此,便不枉渭此刻之所用心处。

行文之终,徐渭照例要简述自己的祖籍、家世及生平经历:

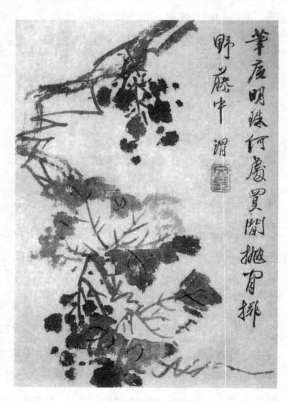

徐渭《题墨葡萄诗》:
笔底明珠何处卖,闲抛闲掷野藤中

"初字文清，改文长。生正德辛巳二月四日，夔州府同知讳鏓庶子也。生百日而公卒，养于嫡母苗宜人者十有四年。而夫人卒，依于伯兄讳淮者六年。为嘉靖庚子，始籍于学。试于乡，蹶。赘于潘，妇翁薄也，地属广阳江。随之客岭外者二年。归又二年，夏，伯兄死；冬，讼失其死业。又一年冬，潘死。明年秋，出僦居，始立学。又十年冬，客于幕，凡五年罢。又四年而死，为嘉靖乙丑某月日，男子二：潘出，曰枚；继出，曰杜，才四岁。其祖系散见先公大人志中，不书。葬之所，为山阴木栅，其日月不知也，亦不书。"但如此种种对于此刻的徐渭而言，已觉冰冷而麻木。终于即将结束，曲终人散之际，最后一次奏其雅音，铭曰：

李鱓仿徐渭《墨牡丹》立轴

明文

　　杼全婴，疾完亮，可以无死，死伤谅。兢系固，允收邕，可以无生，生何凭。畏溺而投早嚘渭，即髡而剌迟怜融。孔微服，箕佯狂。三复《烝民》，愧彼"既明"。

　　杼，指战国时齐臣崔杼；婴，指晏婴。《左传·襄公二十五年》载："崔杼弑其君，晏子启门而入，枕尸股而哭，崔杼释而不杀，后晏子与崔杼盟。"崔杼成就了晏婴忠君之节。《晋书·庾亮传》言："王敦既有异志，内深忌（庾）亮，而外崇重之。亮忧惧，以疾去官。"东汉洛阳令种兢尝行，班固之家奴酩酊大醉，上前阻挡其车骑，种兢之吏推呼此奴，奴醉骂，种兢大怒，然是时窦氏把持国政，权倾朝野，班固乃窦宪宾客，种兢遂因畏惧窦宪而敢怒不敢言，心衔之。及窦氏宾客皆逮考，种兢就此系班固下狱，孟野遂死狱中。《后汉书·蔡邕传》云："及（董）卓被诛，（蔡）邕在司徒王允坐，殊不意言之而叹，有动于色。（王）允勃然叱之，即收付廷尉治罪。邕陈辞谢。乞黥首刖足，继成汉史。士大夫多矜救之，不能得……邕遂死狱中。"齐襄公荒淫无道，愧为人君，晏子扶尸而哭，已尽臣子之责，更不必以身殉之；庚亮之于王敦亦然。况崔杼虽作乱犯上，弑君无道，然却能体察晏子之志，更与之盟；而"疾病"亦为庚亮提供开解困境的契机，成就了儒家"修齐治平"而外的另一种人生——可以远离政治风浪，随缘任运、安顿身心的人生。故如晏婴、庚亮般可凭借外力成全自我性命的忠义之辈，自不必殉死，死反而有伤其诚直忠信之节。然类班固、蔡邕般遇人不善的忠直之士，则不可求生；即便暂活于世，亦终难逃祸端。东汉马融有事忤大将军梁冀旨，冀讽有司奏马融在郡贪浊，马融遂被免官，髡徙朔方。然终得赦还。而今，我徐渭身陷如此境遇，便欲自我了结，或许世人当笑我懦弱胆怯，不识忍辱负重之理。"孔子不悦于鲁卫，遭宋桓司马，将要而杀之。微服而过宋。"（《孟子·万章上》）微服，言孔子为隐蔽身份而更换平民之服，以使人不察。"纣为淫泆，箕子谏，不听。人或曰：'可以去矣。'箕子曰：'为人臣谏不听而去，是彰君之恶而自说于民，吾不忍为也。'乃被发佯狂而为奴。"（《史记·宋微子世家》）箕子，商纣王之伯叔父，或云纣之庶兄。圣人面对生死之境，尚欲保全性命，待时而动；然我徐渭终究难以成圣，反复吟诵着《诗经·大雅·烝民》中"既明且哲，以保其身"之语，自愧圣贤之教。徐渭是在说，自己如今已是心如死灰不复温，如此世道人心，皆不容我平静地生活于世间。我已在世间小心翼翼、如履薄冰地苟活四十余载，与其继续这种心惊胆战、朝不保夕的生活，我宁可选择潇潇洒洒地伴随自己所作之墓志决然而逝。

吴微《山水图》

　　徐渭晚年曾作《题墨葡萄诗》云："半生落魄已成翁，独立书斋啸晚风。笔底明珠无处卖，闲抛闲掷野藤中。"生无可恋，死又不得其可；如此不生不死，最是堪伤。回首半生，煎熬，潦倒，落魄，坎坷，无可奈何……这些都已不重要了。独立书斋之上，对啸晚风；苍风吹面，萧瑟，寒凉，丝丝入骨。笔底墨迹无人问津，便闲抛闲掷于野藤之中。对于此时的徐渭而言，生活不再是安乐，不再是负累，不再是希望或绝望，不再是具体的某某，它只是一个无可无不可但必须以身行之的事件。所谓"生活"，原来是在岁月不断侵蚀下的生命耗损与消磨。所幸的是，徐渭尚能以"明珠"自喻手迹，笔底墨端，依稀可见对自我、对生命的期许；闲抛闲掷中，暗藏着那颗不死的、跳动的、暖融融的心。

明
文

十载铅华梦一场，都将心事付沧朗

——唐寅《与文征明书》

唐寅，字伯虎，后改字子畏，号六如居士、桃花庵主、鲁国唐生、逃禅仙吏等。据传，其人生于明宪宗成化六年庚寅年寅月寅日（1470年3月6日）寅时，故名唐寅。祖籍晋昌（今山西晋城），北宋时，唐氏家族南迁至南京、苏州一带经商，故唐寅即生于苏州府吴县吴趋里的一个商人家庭。父亲唐广德，母亲邱氏。唐伯虎自幼"性绝颖利，度越千士"（祝允明《唐子畏墓志并铭》），然而，却不以科举中第、四海称之为能事；自幼即怀高远宏阔之志，虽饱读诗书，却不甘心泥于细枝末节的句读之学，以至读书韦编三绝，竟不识花鸟鱼虫、门外街陌之名。然而，唐氏自幼所流露出的超拔磊落之气，却颇有"一点浩然气，快

唐寅《落霞孤鹜图》

哉千里风"之人生境界，使人望之而慨然称道。其父广德常语人曰："此儿必成名，殆难成家乎？"

是时，年长唐寅十岁，自幼有"神童"之称，后与文征明、王宠并称吴门书派"书法三大家"的祝允明对唐伯虎赏誉有加，劝其对自身才华稍加扩宽舒展，于事理之精微处勤于思考。唐伯虎于廿余岁时，家中连遭不幸，父母、妻子、妹妹相继去世，家境一落千丈，日趋败落，唐寅内心苦痛难诉，因此故意做出一副满

不在意、落拓不羁的颓废之状。祝允明惜其才高而不得其用，便谓唐子畏曰："你若想成亡父之夙愿，就应当寒窗苦读，走科举入仕之途；若必欲听从自己内心的想法，便可丢弃秀才举子之服饰衣帽，焚尽应对科考的书策，抛却博取功名、光耀门楣加之于心的重重负累。如今，你既名在学官簿上而有应考之名，却又将应试书目束之高阁而无应考之实，究竟，你要做何选择？"唐伯虎思索良久，徐徐道之曰："好吧，我将会为明年的乡试全力以赴，若然不中，便自此而废之，终生不试。"唐寅本即天资聪颖，加之勤奋苦读，廿九岁时，于应天府乡试中一举夺魁，因此而准备继续参加会试。次年，程敏政、李东阳任京城会试主考官，二人皆乃饱学之士，试题出得怪癖艰涩，众应试者作答皆

唐寅画作

不甚合其意。唯有两张试卷，对答贴切，文辞雅致，程敏政览之大喜，脱口而出："此二文定为唐寅、徐经之作。"此话被在场人听见并传扬出去，加之徐、唐二人名声大噪，于京师的一举一动皆备受瞩目；因此，会试三场结束后，"江阴富人徐经贿金预得试题"之流言不胫而走，满城尽知。户科给事华昶即刻弹劾主考程敏政鬻题，事及唐寅、徐经。明孝宗敕令禁止程敏政阅题，其所录之卷，由大学士李东阳会同其他试官进行复审，结果证明，唐、徐二人皆不在录取之中。朝廷为平息舆论，令锦衣卫缉捕唐寅、徐经二人入狱，几经审讯，却无鬻题之实据；最

明
文

·028·

顾闳中《韩熙载夜宴图》（局部）

终，徐经承认入京晋见程敏政时曾送见面礼，唐寅见状，亦不复辩白，任判官以其曾以一金币乞文于程敏政，并送至乡试座主梁储之事定罪。于是，二人被削除仕籍，发充县衙小吏；程敏政则罢官还家，愤郁发疽而亡；华昶因奏事不实，亦遭降职。唐寅耻不就吏，归家后夫妻反目，妻子不辞而别；子畏则自此绝意仕途，鬻画为生，放浪形迹，翩翩远游，恣意颓放，纵酒浇愁，筑"桃花坞"自娱，以诗文书画终老一生。

正德九年（1514年），唐寅应宁王朱宸濠之请而赴南昌，后察觉宁王图谋不轨，遂佯装疯癫，甚至在大街上裸奔，方得以脱身，赴归乡里。自此而后唐寅渐趋消沉，信奉佛老，自号"六如居士"，取《金刚经》"一切有为法，如梦幻泡影，如露亦如电，应作如是观"之义，并自治"逃禅仙吏"之方印。后因常年多病，又持家无方，以至晚年生活日益困顿，常靠向好友祝枝山、文征明借钱以度日。嘉靖二年（1523年）秋，唐寅应好友之邀赴东山王家，见墙上所悬苏东坡手迹《满庭芳》一词中之二句云："百年强半，来日苦无多"，触景生情，归家后卧病不起，不久含恨而终，时年54岁。临终绝笔诗曰："生在阳间有散场，死归地府又何妨。阳间地府俱相似，只当飘流在异乡。"此生之落拓坎坷、悲凉苦涩，也只能以自嘲调侃的无奈之语出之。唐寅死后，好友王宠、祝允明、文征明等人将其葬于桃花坞北，祝允明为之作墓志铭，由王宠手书，刻于墓碑之上。

关于"会试泄题案"的原委，后世说法不一。《明史·程敏政传》云："或言（程）敏政之狱，傅瀚欲夺其位，令（华）昶奏之，事秘莫能明也"；而祝允明则将二人罹祸之因归于"有仇富子（按：富子即指徐经）者，抨于朝，言与主司有私，并连子畏"（祝允明《唐子畏墓志并铭》）。

唐寅《溪山渔隐图卷》

唐寅《绢本山水》

不论事实真相如何，此事对唐寅一生产生了致命影响，却是毋庸置疑的。而子畏《与文征明书》一文，即作于"会试泄题案"受到株连之时，字里行间难掩其惶恐失措而又愤恨不平之情：

> 哀哉哀哉！此亦命矣！俯首自分，死丧无日，括囊泣血，群于鸟兽。而吾卿犹以英雄期仆，忘其罪累，殷勤教督，馨竭怀素。缺然不报，是马迁之志，不达于任侯；少卿之心，不信于苏季也。

此时的子畏，已是惊弓之鸟，甚至绝望地说道："低头自思，死期不远矣！含恨泣血，方觉此身同鸟兽一样卑微。"而今，在唐寅的情感体验中，除了惊惶失据，便只剩下于苦涩无奈中的自我嘲讽。于是，子畏不无自嘲地说，自己已是戴罪之身，于世间苟活，而身边好友却期我以一代英雄之风，对我殷勤开导，尽心竭力，劝我要执守初衷，重拾昔日的高情远志、锐气锋芒。或许，他们还是没能真正了解我唐寅如今的处境，司马迁之所以忍辱偷生而不以死殉节，是因为心中有着完成先父遗志与自我生命追求的高远志向，任安又岂能知晓？李陵之所以回拒苏武劝其归汉之言，是源于对大汉君主的失望痛心，个中委曲隐情，苏武又如何明了？我唐寅亦然，我有自己的坚持与操守，有自己的人生准则，这些是任何人、任何事都不能改变，哪怕有朝一日玉石俱焚，也要为之从一而终的。然而，这场突如其来的莫名灾祸实在使我不知所措，更使我对仕途、对理想、对自我、对生命失去了往日的憧憬与热情；这场灾祸让我看到，以往所坚持的凭借自我奋斗而创就一片天地的美好信念，在现实面前是何等脆弱而不堪一击；让我看到，在强权面前，手无寸铁的布衣百姓与饱含学识操守的文人士子是何等屈辱卑下、任人摆布；让我看到，在操纵着"普天之下，莫非王土；率土之滨，莫非王臣"的少数人看来，生命是何等微如草芥、轻如鸿毛；让我看到，世间个体的命运与未来，是何等虚幻缥缈、难以掌控……历经如此遭遇，我实在无法，也无力再若无其事地回到从前，继续为理想而奔波忙碌的生活。不是我自甘颓废，而是现实会轻而易举地将你夙昔之愿挤压、扭曲，最后化为乌有，甚至连一丝全身的机会都不留给你，又遑论反抗？我在滚滚洪流之中坚守着宁为玉碎、不为瓦全的人生操守，这就是最大的反抗。我心中诸此委曲，又能诉诸何人？或许也只有你征明兄，能够谅察了。

唐寅《东篱赏菊图》

唐寅真的是进退失据了，他不知该从何说起；因此，在给挚友的书信中，开篇即言“累吁可以当泣，痛言可以譬哀”，言“哀哉哀哉！此亦命矣！”他一直被裹挟于被悬置而不可知的惶恐之幕中，个中夹杂着几许对已不知如何道之、姑且称其为“现实”的愤恨。这种情绪始终挥之不去，一股强大的下沉力量左右着他字里行间的落笔。唐子畏激动地说：“我年少时，混迹屠夫、酒家，伴随刀光血影成长。后得到征明兄指点，于人世间上下求索，只为求以功名命世。天不我佑，灾祸频生，父母妻子，蹑踵而殁，黄口幼儿，嗷嗷待哺。加之我素来懒漫不羁，持家无方。起初，尚能邀三五好友相寻，鸣琴鼓瑟；而亦能效鲁仲连、朱家之侠肝义胆，慷慨然诺，周人之急。只是，随着家境日趋败落，门户衰废，出入皆改乘柴车，衣着亦破陋褴褛。幸有朋友相资，乡亲美誉，公卿吹嘘，使我如枯木逢春，白骨生肉，侥幸以些微名声，而位居东南文士之上。时之名士皆言我执文坛之牛耳，掌谈论之户辙，岐舌而赞，并口相称。木秀于林，风必摧之；行高于人，众必非之；名高才露，遂种祸根。于是，有了‘会试泄题’之事端，诋毁我的谗言漫天弥散，奏章纷至沓来。马氂切玉，三人成虎，缋丝成网，狼众食人。天子为此震赫，召捕诏狱。卒吏狠辣如虎，我身戴枷锁，举头抢地，洟泗横集。虽身陷囹圄，死生难料，但此身宁为玉碎、不为瓦全；最终，火炎昆岗，玉石俱焚。海内遂以我唐寅为不齿之徒，众人皆握拳张胆，视我如仇敌；指唾其面，斯辱亦甚矣！执事者哀怜我困窘，依寻旧制，让我做地方官的随从小吏，以图将功补过，糊口维生。而要我为此区区蝇头小利而谄谀献媚，卑躬屈膝，那

唐寅《王蜀宫妓图》

么,"士也可杀,不能再辱",唐寅终究是不食周粟的耿介之辈,即便如何落魄潦倒,如何采薇而瘦,内心的坚守却始终如一。

行书至此,唐寅仍旧没能摆脱巨大的恐惧与凄惶,这场灾祸带给他的打击是致命的,"有过人之杰,人不歆而更毁;有高世之才,世不用而更摈。此其冤宜如何已!"(祝允明《唐子畏墓志并铭》)在最艰难的生命时段中可以支撑自我一往直前的信念理想自此被彻底碾碎,生命中再无可以为之停驻的景致,人生再无改变的可能。虽然得以全身,然而,哀莫大于心死的生命体验自此而如影相随。那个诗情画意的"桃花庵",不过是自我放逐的寓所,是漂流异乡的驿站;而桃花庵里自称"我笑他人看不穿"的桃花仙,酒醒只在花间坐,酒醉还来花下眠,清狂

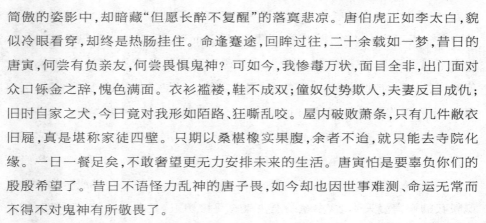

简傲的姿影中,却暗藏"但愿长醉不复醒"的落寞悲凉。唐伯虎正如李太白,貌似冷眼看穿,却终是热肠挂住。命逢蹇途,回眸过往,二十余载如一梦,昔日的唐寅,何尝有负亲友,何尝畏惧鬼神?可如今,我惨毒万状,面目全非,出门面对众口铄金之辞,愧色满面。衣衫褴褛,鞋不成双;僮奴仗势欺人,夫妻反目成仇;旧时自家之犬,今日竟对我形如陌路、狂嘶乱咬。屋内破败萧条,只有几件敝衣旧屉,真是堪称家徒四壁。只期以桑椹橡实果腹,余者不追,就只能去寺院化缘。一日一餐足矣,不敢奢望更无力安排未来的生活。唐寅怕是要辜负你们的殷殷希望了。昔日不语怪力乱神的唐子畏,如今却也因世事难测、命运无常而不得不对鬼神有所敬畏了。

但痛定思痛,该来的总要来;既不能一死了之,那么,就必须规划今后当以何种方式存在。此刻,唐寅开始意识到之前的自己太过感情用事,开始逐渐冷静而理性地进行思考:"天生烝民,有物有则;民之秉彝,好是懿德",世人之生命,是天赐的美好,是上苍开天辟地、创化自然的良苦用心;尽人事,听天命,努力证明自己曾于世间存在过,方不枉于世间走一遭。自己既是不懂权谋、百无

一用的书生，若不凭借文笔书札来实现自我，此生确是徒劳虚度了。在造物主看来，人生譬若蜉蝣，朝生暮死，而不曾以一瞬；正因生命短促，世人更应当珍惜此生，努力在有限之中活出滋味与精彩。生命愈是艰难困蹇，愈当自我开解、苦中作乐，不堕鸿鹄千里之志。因此，唐子畏道："窃窥古人，墨翟拘囚，乃有薄丧；孙子失足，爰著兵法；马迁腐戮，《史记》百篇；贾生流放，文词卓落。"此论与司马迁"西伯拘而演《周易》；仲尼厄而作《春秋》；屈原放逐，乃赋《离骚》；左丘失明，厥有《国语》；孙子膑脚，《兵法》修列；不韦迁蜀，世传《吕览》；韩非囚秦，《说难》《孤愤》；《诗》三百篇，大抵圣贤发愤之所为作也。此人皆意有所郁结，不得通其道，故述往事、思来者。乃如左丘无目，孙子断足，终不可用，退论书策以舒其愤，思垂空文以自见"之语如出一辙。盖千古英雄末路，诚有心心相通的生命认知与体验。"仆一日得完首领，就柏下见先君子，使后世亦知有唐生者。岁月不久，人命飞霜，何能自戮尘中，屈身低眉，以窃衣食，使朋友谓仆何使？后世谓唐生何素？自轻富贵犹飞毛，今而若此，是不信于朋友也。寒暑代迁，裘葛可继，饱则夷犹，饥乃乞食，岂不伟哉？黄鹄举矣，骅骝奋矣！吾卿岂忧恋栈豆吓腐鼠邪？"——哪怕前方塞滞险阻，我自当艰难以赴；待垂垂老矣之时，回首前尘，仰无愧于天，俯无愧于地，家祭无愧于先祖，反观无愧于良知，方可如释重负、入土为安。

最后，唐寅说自己"弱不任门户，傍无伯叔，衣食空绝，必为流莩"——孤子一身，无依无靠，衣食空绝，必为饿殍——平素与我称兄道弟者，多半负节义而去之，唯征明兄至今对我不离不弃。

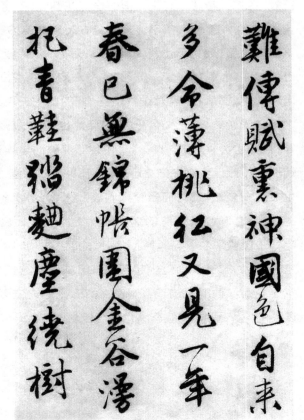

唐寅手迹

如今，只希望兄台能从你的狗马余粮中分些许给我，助我完成先祖唐氏之遗愿，至少让我在祭祀之日，不至双手空空。如此，则区区之怀，安矣乐矣，尚复何求！说得现实些，唐寅是为向好友乞食而作此文。然而，昔日居"东南文士之上"的才子，却莫名其妙地被卷进"会试泄题案"，成了"众恶所当"之罪魁；一心欲以登科及第为振兴门风之途，却于青壮之年被永久地拒于门外，到老无功无禄，满目疮痍；性绝颖利、度越千士、任性使气、自负自傲的唐寅，如今却要为糊口果腹的区区口粮而如此放低尊严、低声下气、仰人鼻息。信中自剖痛史之语并非无的放矢的套语虚言，只消略览唐寅遭遇"会试泄题案"后的生命创作，便知其所言非虚。唐寅于晚年所作之七言律诗《漫兴》中将自己的一生归结为"十载铅华梦一场，都将心事付沧朗。内院歌舞黄金尽，南国飘零白发长。髀里肉生悲老大，斗间星暗误文章。不才剩得腰堪把，病对绯桃捡药方"。"笑舞狂歌五十年，花中行乐月中眠。漫劳海内传名字，谁论腰间缺酒钱"的潇洒、"半醒半醉日复日，花开花落年复年。但愿老死花酒间，不愿鞠躬车马前"的简傲、"别人笑我忒疯癫，我笑他人看不穿。不见五陵豪杰墓，无花无酒锄作田"的慧识、"我也不登天子船，我也不上长安眠。姑苏城外一茅屋，万树桃花月满楼"的卓拔，都已消融在"十载铅华梦一场"的空洞虚幻之中，销蚀于"南国飘零白发长"的落寞闲寂之中，消解在"病对绯桃捡药方"的此生无用之中。唐寅此生，只落得苦涩之笑与无奈之醉——苦涩之笑，笑此生荒唐；无奈之醉，醉清醒之苦。自怜也好，自嘲也罢，生命中的一切，终会随梦醒而尘埃落定。而梦醒，便意味着云散烟消——此世生命完结之际，亦是凡世尘梦初醒之时。真切为我所感知的世间生命犹如梦幻泡影，而当我即将离此人世，进入到另一个甚至不知其存在与否的未知空间中时，梦醒的真实却丝缕毕现。真真假假，虚虚实实，谁能说得清呢？十载铅华梦一场，都将心事付沧朗——如今，梦醒了，十载铅华亦将要盖棺定论了，如若世人尚能想起曾有一名曰唐寅的狂狷之徒驻足于世，请于沧海朗空之中探寻他的事迹；唯沧海之深邃、朗空之宁静，能够包容他如许剪不断、理还乱的纷繁思虑，和他充满荒谬与悖论的一生。

夜来有梦登归路

——寻访故园

　　"家园"是个体生命的身心依托与归宿,诸多关乎"真理""存在""死亡"与"回归"的哲学思辨,都根源性地蕴藏于个体对"返乡之路"的上下求索之中。柏拉图关乎"理式"之神圣源出的美好设想、原始佛教关乎东方极乐的无限憧憬、中国文化关乎洞天福地的温馨建构,都是人类对生存与死亡、迷途与归乡、沉沦与清醒、在世与出离种种状态最深沉的思索与最本真的抉择。归向原初的"生命家园"是每个个体生命心灵深处共通的诗性追求。因此,南阳刘子骥闻桃源而欣然规往,赫尔德温情言说着"乡愁是最高贵的痛苦感","伊甸园"则成为人类生命本源之所的美好传说。那些有关"故乡"的叙述如此动人心弦,那些有关"归乡"的诗句如此温情暖意,一个偶然处的轻吟、一个不经意的翻阅,都让独行的归乡者感到生命饱含着温度。只因着那个千古美丽如斯的"故园",每一个执着的独行者,都愿尽其一生去用心追寻、悉心守候,哪怕千峰万岭,山高水长,也要倾其所能,向着,"回家"的路。

明
文

洛阳亲友如相问，一片冰心在玉壶

——唐寅《爱溪记》

人生在世，有寄托生命之物，维持生计之资，无冻馁之患、贫病之忧，做一清净闲人，寄情山林丘壑之间，此亦不失为快意人生矣。李清照早年与夫君赵明诚生活尚属安逸富足，时穷遐方绝域，尽天下古文奇字之志。日就月将，渐益堆积。常见所未见之奇书异文，遂尽力传写，浸觉有味，不能自已。后或见古今名人书画、一代奇器，亦复倾尽财力而易之。后屏居乡里十年，仰取俯拾，衣食有余，每获一书，即同共勘校，整集签题。得书画彝鼎，亦摩玩舒卷，指摘疵病，夜尽一烛为率。故能纸札精致，字画完整，冠诸收书家。每饭罢，坐归来堂烹茶，指堆积书史，言某事在某书某卷第几页第几行，以中否角胜负，为饮茶先后。中即举杯大笑，至茶倾覆怀中，反不得饮而起。快哉乐矣！人各有所嗜，精雅高逸之趣，即名士风流。能毕生维持此恋物嗜物所及之乐，为枯寂的生命增添些许姿色，孤云独鹤自悠悠之闲适生活，亦莫过于此。

新安（安徽徽州府属县）洪伯周，是为风流倜傥、性情忠孝之士，迹履遍江湖，声闻满儒冠。年少失怙，独力侍奉祖母与母亲。伯周自号"爱溪"，以闲云野客、烟波钓徒之清雅生活为乐事；又有供其精致生活之资财，故时常吟风弄笛，对月当歌，全然司马公休、任国公子辈超然世外之高士。洪伯周乞文于唐伯虎，希望自己一生之事迹能够被记载下来，并传之后世。

明文

周昉《簪花仕女图》（局部）

　　唐人白居易《中隐》一诗中言："大隐住朝市，小隐入丘樊。丘樊太冷落，朝市太嚣喧。不如作中隐，隐在留官司。似出复似处，非忙亦非闲。……君若好登临，城南有秋山。君若爱游荡，城东有春圃。君若欲一醉，时出赴宾筵。洛中多君子，可以恣欢言。君若欲高卧，但自深掩关。亦无车马客，造次到门前。人生处一世，其道难两全。贱即苦冻馁，贵则多忧患。唯此中隐士，致身吉且安。穷通与丰约，正在四者间。"大隐隐于市，小隐隐于野；然而，隐于朝市，则太过纷繁喧闹，隐于山野，又过于萧寂冷清。因此，白居易说，不如作"中隐"，隐于官司府邸，徘徊于出处之间而不落两端，如此，既有可资得享闲适之阿堵泉刀，而免冻馁、忧患之苦，又有登临玩赏之心境，而不迷失于蝇头微利、蜗角虚名之中；既无肉食者之鄙俗铜臭，又无衣褐者之寒蹇陋拙。然而，儒士之隐者必具相应的文化与道德资格而后可。儒者之隐，非真忘世高蹈，为自了之汉；而实以之为"求志"与"行道"的别一途径。无论是高卧东山、待时而起以济天下苍生，抑或挂冠不仕、守道终身留儒者之风于后世，济世之怀，则为其必不可无之底色。儒者之隐，意在兼济，故而纯粹山林幽壑之隐，更多为暂时之选择。由于儒者行为，以义为准则，恶衣恶食者亦为其所不取，箪瓢陋巷、敝衣穿肘而歌若金石、以道自足方为儒家所刻意营构之待时而仕的典型儒者形象。与儒隐相较，白乐天的中隐，已渐洗儒者兼济之怀，退向个体的自适安顿；虽独善之义尚存，社会关切与天下情怀，至此却渐洗磨殆尽。曾以"新乐府"令权豪侧目的白乐天，已全然化为洛下琐话负暄、颐养天年且不免沾沾自喜的白发老者，贻后人之讥。中隐追求的自适，相较于儒者曲肱饮水而不弃，更求口耳视听之娱，以"请客稍深酌，愿见朱颜酡""左顾短红袖，右命小青娥"为乐。孔孟所言"养心莫善于寡欲。其为人也寡欲，虽有不存焉者，寡矣；其为人也多欲，虽有存焉者，寡矣"之"修身养性"与"士志于道，而耻恶衣恶食者，未足与议也""君子忧道不忧贫"之"君子固穷"的人格修养

白居易画像

与生命境界，已难觅其踪。虽然乐天因早年艰于衣食，备尝谋生之苦，故晚来"中隐"，不能忘情于富贵，亦自有不得不然者；然白氏退身洛下而以歧路逍遥者自居的生命选择，更多意味着一位洞明世事者对于时代责任的逃避。而较之于道家一无挂碍、超越于都市山林之上，故能拥有无往而不适之大自在的隐者形象，白乐天隐于都市园林的地点选择，更多了一份执着；其脱屣轩冕与庄子"山林欤？皋壤欤？使我欣欣然而乐矣"相照，看似依稀仿佛，但终乃似是而非、貌合神离。而乐天"人生百年内，天地暂寓形。太仓一稊糜，大海一浮萍。……中怀苟有主，外物安能萦？任意思归乐，声声啼到明"的自我剖白实乃根植于其"二十年来，昼课赋，夜课书，间又课诗，不遑寝息矣。以至于口舌成疮，手肘成胝，既壮而肤革不丰盈，未老而齿发早衰白，瞀瞀然如飞蝇垂珠在眸子中，动以万数。盖以苦力学文所致，又自悲矣"（《与元九书》）的寒族出身与入长安初的孤苦寂寥。较之禅宗"道在吃饭穿衣、日用常行之中"的真实随意、无牵无执，乐天之"自在超脱"又不免强颜欢笑、刻意放怀之虞。白乐天之"中隐"将隐者所应有的底色，逐步消解于"无可无不可"之中。唐寅开篇所言"人莫不有所爱，失其所爱，则伤其衷；人莫不有所资，失其所资，则困其生"之语，与白乐天"不劳心与力，又免饥与寒""君若欲高卧，但自深掩关"之"中隐"思想相近；但接下来，唐寅说："爱之而不失，资之而不穷，惟取天地，自然而然者为能然。若金紫之贵，珠玉之富，或者能削夺，则贫之矣。削夺而贱穷，则失其所爱与资，将伤困之不暇，求其夷然而乐，坦然而安者，必无也"——炙手可热之权势、金玉满堂之财富，终究会因沧海桑田之变迁而云散烟消。人生之嗜癖与维系其得以长存之资财，唯以坦然之心、正当之法堂堂正正地取之于自然天地，方可持久，而能安然受之。所谓"清风明月不用一钱买"是也。此论可视作苏东坡针对"寄蜉蝣于天地，渺沧海之一粟。哀吾生之须臾，羡长江之无穷。挟飞仙以遨游，抱明月而长终。知不可乎骤得，托遗响于悲风"的人生短促、世事无常之叹生发而为"自其变者而观之，则天地曾不能以一瞬；自其不变者而观之，则物与我皆无尽也，而又何羡乎！且夫天地之间，物各有主，苟非吾之所有，虽一毫而莫取。惟江上之清风，与山间之明月，耳得之而为声，目遇之而成色，取之无尽，用之不竭，是

清风明月不用一钱买

造物者之无尽藏也，而吾与子之所共适"之超迈高卓的异代回响。禅宗"当下即永恒"与道家"随缘任运、随遇而安"的思想之于苏子、唐子畏二人持论之影响显而易见，个中自饱含与自然天地同声同气、相应相求的生命律动，饱含一份对期以安时处顺之心态、合乎天道之行处而臻于生命至境的自信洒脱。相形之下，白居易"不如作中隐，隐在留官司""不劳心与力，又免饥与寒"的自满自足，不免寄人篱下、仰人鼻息的寒蹇瑟缩之态。唐寅自"会试泄题案"之后，放浪形骸，纵迹江海，以诗酒书画度余生。因其酷爱桃花，故将居所取名曰"桃花庵"，自号"桃花庵主"。自此，诗、酒、书、画、桃花成了唐寅一生的寄托。"半醉半醒日复日，花落花开年复年。但愿老死花酒间，不愿鞠躬车马前"成为唐子畏的生活常态。尽管生命中挤压了太多的怨愤不平，但唐寅的确试图努力以山林皋壤来化解人生的无可奈何。因此，"爱之而不失，资之而不穷，惟取天地，自然而然者为能然。……求其夷然而乐，坦然而安者"，既言伯周，亦言自我。唐子畏期望，世间真正自由快意之生命，当"夷然而乐，坦然而安"。

既然"自然而然者为能然"者方乃世间之真生命，文士处世之道亦当作如是观：

> 余谓文士之处世，失其所爱与资，奔走于不可得已之间，俯仰于无可奈何之际，盖心兹恐惧，身措无地，安能上传而下育也？得其所爱与

明
文

谢稚柳临陈老莲笔墨

资，而非其道，以富贵自炫，而骄其妻妾，齐人也。翻覆酌量于两三之间，余则以为洪君之计为得，故为之记。

　　世间众生纷纭，每个个体皆有相应之群类归属，如"隐士"之于严子陵、"游侠"之于鲁仲连，二人各自应对着不同的因缘体。而唐子畏何以于文末独言"文士"之处世？唐寅、洪伯周皆乃文士，故以文士之立场做由此及彼之思，自是情理之必然；然而，更为重要的是，"文士"承载着独特的人生使命。刘勰于《文心雕龙》篇首即言："文之为德也，大矣，与天地并生。""文章"何以备大德而与天地并生？刘勰解释道：从宇宙混沌到天地分判，日月交替，以映自然焕绮绚丽之景；泾渭山川，以彰大地条理分明之形，此乃造化自然孕育之纹理光彩。而天地之精气相应相感，孕育出"五行之秀，天地之心"的烝民。因此，天、地、人相契相参，并称"三才"。人生而有喜怒哀乐之情，为传情达意，而产生了语言与文章，此亦自然之道。没有生命感知的自然之物尚有纹理华美的色泽光彩；贵为天地之心、五行之端的人，岂能没有郁郁之文？人之文章乃天地化成，凝聚着天地间的钟灵毓秀，担负通感天地、规正人心之责。故文质彬彬，然后君子；质而无文，其行不远。由是，身负撰写文章以教化世人之职的"文士"，便自然成为世间传播价值导向的重要媒介。"文士"德行好坏与否，直接影响甚至决定着世风的良窳诚伪。而西方语境中的"文士"，是承担抄写圣经、向民众传授神之律法的祭司，此与中国古代"文士为天下心"之价值定位桴鼓相应。正因如此，唐寅以"文士之处世"作结，暗含以正"文士处世"之则为世人树立身行事之典范，正本清源，终达"谋闭而不兴，盗窃乱贼而不作"，夜不闭户，世间大同之期望。唐寅说，天下文士若失其寄托生命之嗜癖与维系生活之资财，则不得不为生计而奔走劳辛，生命中的闲情雅致，亦会为

明文

冰心玉壶

凡俗琐事而点滴消磨殆尽。若无冰心傲骨而安于苟活,则其人终必沦为低声下气、摇尾乞怜之徒。如此而尚无安身立命之地,又遑论上承先人之遗业德泽而下育后代子孙?但如若"得其所爱与资",却取之无道,用之无方,如同齐人日乞酒肉于坟前祭品之间,不以为耻,反以之为自我夸耀之资,又诚可悲矣!"得其所爱与资"诚然上天之眷顾,可遇而不可求之;如若二者不可得兼,则君子宁为玉碎,不为瓦全!

此文为赞洪君之风致而作,亦乃子畏自寄怀抱之生命剖白。是时子畏所处之境,实在可谓走投无路了,用他自己的话来讲:"兹所经由,惨毒万状。眉目改观,愧色满面。衣焦不可伸,履缺不可纳;僮奴据案,夫妻反目;旧有狞狗,当户而噬。反视室中,瓯破缺;衣履之外,靡有长物。西风鸣枯,萧然羁客;嗟嗟咄咄,计无所出。将春掇桑椹,秋有橡实,余者不迨,则寄口浮屠,日愿一餐,盖不谋其夕也。"(唐寅《与文征明书》)能于此境况之下,尚持"富贵不以其道得之而不处,贫贱不以其道得之而不去"之节操,而保有纵浪大化、随缘任运之安时处顺,他日若逢王昌龄,可共吟"洛阳亲友如相问,一片冰心在玉壶"之句,把臂而笑、对酌山花矣。

李在《归去来兮图》(局部)

人生几回伤往事，山形依旧枕寒流
——唐寅《中州览胜序》

　　生年不满百，常怀千岁忧。面对"人生忽如寄，寿无金石固"的生命有限与蜗角触蛮的生存空间之促狭，古人不断言说着及时行乐的在世方式，构建着幕天席地的广阔场域。于是，"昼短苦夜长，何不秉烛游！为乐当及时，何能待来兹""得欢当作乐，斗酒聚比邻。盛年不重来，一日难再晨""劝君莫惜金缕衣，劝君惜取少年时。花开堪折直须折，莫待无花空折枝""人生得意须尽欢，莫使金樽空对月。天生我材必有用，千金散尽还复来"的恣情率性、"穷发之北，有冥海者，天池也。有鱼焉，其广数千里，未有知其修者，其名为鲲。有鸟焉，其名为

明
文

鹏，背若泰山，翼若垂天之云，抟扶摇羊角而上者九万里，绝云气，负青天，然后图南，且适南冥也""往古来今谓之宙，四方上下谓之宇"的大胆想象，成为世人于黑夜中安顿生命的烛光。人生讵几何，在世犹如寄，生命是充满未知的变数；因此，于有生之年尽己之所能，登山涉水，增广识见，不断蓄积生命的内核与资本，丰盈生命的宽度与厚度，方可化"人生百年内，疾速如过隙"之遗憾叹惋而为"鸣琴鼓瑟、对酒当歌"之疏朗快意。

　　唐寅之乡里友人袁臣器乃超迈卓拔之士，温和秀朗而有君子之德，是为发中之秀出、士中之俊彦者。弘治丙辰年（1496年）五月，臣器突然收拾行囊，涉扬子江而下，历彭城（今江苏铜山县，项羽曾都于此），泛舟于淮、海之上，抵大梁（今河南开封，战国魏都）

唐寅《步溪图》

之旧址，九月而未始归。待其归来，乃亲绘所历之山川陵陆、关隘要冲与名地胜景，朝夕展弄把玩之；卧游其中，驰目骋怀，神游八方，做一日千里之想，借以超越空间、生命之有限与一己人生之孤单，而侧身更为辽远的时空境遇之中。唐寅尝因此而拜访袁臣器，听其言所历风景之胜、山河之险，览其以一薄卷尽括中州（今河南省古称）之貌。诸名迹胜地于袁氏指下回旋曲屈而出，闻而观之，如临其境，可赏又可居之。臣器平素之识见学养与表达之淋漓酣畅自此可见一斑。

　　源乎此，唐寅应袁臣器之请而为其所撰之《中州览胜》作序。唐子畏于序文中曰：

竹林七贤

　　　予闻丈夫之生，刿蒿体，揉柘干，
　　以丽别室，固欲其远陟遐举，不龌龊
　　牖下也。而愿悫者怀田里，没齿不窥
　　阘阓，曰：世与我违，甘与蓄木委灰同弃。虽有分寸，而人莫之知也，后
　世因莫之建白也。是余固自展以异，而颓然青袍掩胫，驰鹜士伍中，而
　身未易自用也。虽然，亦不能久落落于此。

　　大丈夫生而在世，自当闻鸡起舞，中流击楫，强健体魄，一洗衰惫之躯，以期他日登山临水，远陟遐举，历览河山千里之胜，而不至局促于乡里户牖之下，终老一生。那些朴实忠厚、终身劳作田间的庄稼汉，至死难能一窥城门之貌，却自我慰怀道："世与我而相违，既然我与外界格格不入，倒不如伴春种夏长、秋收冬藏而了此一生。稼穑之事，斯为大矣！何必背井离乡、形单影只，终日碌碌于孤峰断水之间，殚精竭虑、规划筹谋，面对形形色色突如其来的未知与困境。岂不谓庸人自扰、自讨苦吃？"这类人一生蜗居在数丈见方的居所之中，寸步不离其里巷邻人，甚至不知世间有城门、都市的存在，更遑论大千世界之秀丽瑰奇？此诚可悲而可叹哉！即便他们世代安土重迁，脚踏实地、安分守己地劳作生活；然而，世人不曾知晓他们的存在，后世亦莫能追述与书写他们的人生。这些人的

明
文

生命无甚可言,历史从来没有为他们预留暂住的空间;同那些纵马长缨、功勋卓著的将帅武臣与名垂青史、著作等身的文官墨客相比,他们如此被轻描淡写,甚至是只字未提地略过。或许,他们曾是历史上饱经忧患的社会阶层,但历史的荒诞之处却总在于,苦难最深的阶层只能在他者的叙述中观看自我被切割的苦难。他们是时代危机的最直接承受者,却同样是历史的失语者,后来者常常只能在官方的国计簿与文人的诗文集中,推测

唐寅画作

或想象他们如何经历着动荡的时局。这些民众的生命看似忙碌而充实,但于他们而言,世界的内容即乡里与田间,除此则无他。其可悲之处,正在于生活在巨大的空洞无知之中而不自知。而那些不甘泯然众人而欲一展怀抱者,又或以隐为仕,待时而动,以"终南捷径"自期;或驰骋士伍之中,怀抱"了却君王天下事,赢得生前身后名"之志。尽管如此,"长恨此身非我有"的悖论常如影随形,真正能够自主其身者鲜矣,难矣。因此,虽然"青袍掩胫""驰骛士伍"能够使人暂览数地山川之胜,但人在其位,身不由己,势必难能从心所欲,于佳时、伴佳人而处佳地、赏佳景。故大丈夫不可久安于此而日丧远陟遐举、游历山川之志。

文章最后,唐寅面对历史变迁、人世兴衰,不无慨叹地说:

> 臣器所从魏地来,今不知广陵有中散之遗声欤?彭城项氏之都也,今麋鹿有几头欤?黄河故宣房之基在否欤?大梁墟中有持盂羹为信陵君祭与无也?臣器其为我重陈之,余他日当参验其言。

嵇康本姓奚,字叔夜,祖籍会稽(今浙江绍兴),其先人因避仇迁家谯郡铚县(今安徽省宿州市西濉溪临涣镇),因家居侧有嵇山,故改姓嵇。史载,正始年

间，叔夜常与阮籍、山涛、向秀、刘伶、王戎、阮咸等人，于山阳县（今河南辉县、修武一带）竹林之下，饮酒纵歌，肆意酣畅，"非汤武而薄周孔，越名教而任自然""弃经典而尚老庄，蔑礼法而崇放达"，世谓"竹林七贤"。然据陈寅恪先生考证，西晋末年，比附内典、外书的"格义"风气盛行，东晋初年，遂有好事者取天竺"竹林"之名，加于"七贤"之上，而成"竹林七贤"之说。因此，"竹林"非实有之地名，此不过后世关乎七子的美好想象。但真实也好，假象也罢，"竹林七贤"自此确乎于后世文人之立身行事影响甚巨。南宋文人沈端节《复挽于湖居士》诗即云"气概凌云孰敢先，中兴事业冠英躔""竹林笑傲今陈迹，抚梅江皋涕泫然"；而李太白对嵇康推崇备至，言"百年三万六千日，一日须倾三百杯""清风朗月不用一钱买，玉山自倒非人推"（山涛言嵇康"岩岩若孤松之独立。其醉也，巍峨若玉山之将崩"），诚乃嵇康清通简傲的异代回响。以嵇康为首的"竹林笑傲"精神已成为后世面对"势"高于"道"而隐身自晦的生命选择与存在方式。《晋书》载叔夜"身长七尺八寸，美词气，有风仪，而土木形骸，不自藻饰，人以为龙章凤姿，天质自然"，卓卓如野鹤之在鸡群。早年丧父，家境清贫，但励志勤学，于文学、玄学、音乐等皆博览精通。娶曹操曾孙女长乐亭主为妻。官至中散大夫，世称"嵇中散"。后因狷介耿直、傲视权贵而得罪钟会，为其所构，被司马昭处死。临刑之时，三千太学生上书请求赦免嵇康，愿拜康以为师，司马昭不许。临刑，嵇康神气不变，"顾视日影，索琴弹之"，奏《广陵散》一曲。曲罢，怅然而叹曰："昔袁孝尼尝从吾学《广陵散》，吾每靳固之，《广陵散》于今绝矣！"语毕，从容赴死，时年四十（对于嵇康之卒年历来看法不一，此处取《晋书·嵇康传》之说）。有关嵇康学《广陵散》，明代藏书家郎瑛所撰之《七修类稿》有言：

唐寅《陶谷赠词图》

明文

　　嵇康尝游会稽，宿华阳亭，引琴而弹。忽客至，自称古人，与谈音律，辞致清辨，索琴而弹曰："此《广陵散》也。"声调绝伦，遂授于康，誓不传人，不言姓而去。及康将刑东市，顾日影曰："昔袁孝尼尝从吾学《广陵散》，吾每靳，而今绝矣。"海内至今，莫不痛惜。……曲名《广陵散》者，因时晋乘魏际，王陵、毋邱俭、文钦、诸葛诞，继为扬州都督，咸有兴复之谋，俱为司马所杀。扬地名广陵，散言魏散亡自广陵始也。止息名篇者，由音哀伤痛息，客称古人者，乃伶伦也。

而《太平广记》三百十七引《灵鬼志》所录，则言嵇康于灯下弹琴，忽有一人长丈余，着黑衣革带，自言"身是故人，幽没于此，昔好鸣琴"，闻嵇康弹琴，音曲清和，故来听耳。叔夜邀与共论音声之趣，其人辞甚清辨，弹《广陵散》而受嵇康，嘱其不得授人。总之，在世人的理解中，嵇康所奏之《广陵散》非人间所得闻见。《广陵散》又名《广陵止息》，"广陵"即"扬州"古称，"散"乃操引乐曲之意。此曲取材于"聂政刺韩王"之故实，其乐"纷披灿烂，戈矛纵横"。"彭城"乃古"徐州"，又名"涿鹿"，项羽于公元前206年建都彭城，自立为西楚霸王，号令天下。汉高祖元年（前206年）二月，刘邦乘田荣起兵反楚、项羽出兵齐地（今山东大部分地区）之机，袭占关中（函谷关以西）。二年（前205年）四月，齐、楚大军胶着城阳（今山东菏泽东北），彭城空虚无人，刘邦即藉项羽杀害楚怀王之口实，集各路诸侯联军五十六万于洛阳，包抄彭城。既克，项羽自率精兵三万由鲁（今山东曲阜）南下，出胡陵，占萧县，切断联军退路；随后，自西向东展开反攻，大破联军于谷水、泗水（今江苏徐州市西）之地。联军被斩者十余万人，余部向西南山地溃退。楚军追至灵璧（今安徽濉溪西南）睢水，再歼联军十余万者，并围困刘邦，意图生擒。值大风骤起，飞沙走石，刘邦率数十骑兵伺机而逃，奔至荥阳。彭城一

杜牧《山行》诗

战，刘邦惨败，其父及妻子吕雉被楚军俘获，众诸侯亦纷纷背汉向楚。此即历史上所谓以少胜多的"彭城之战"。项羽不失为一代英雄，但终因巨鹿之战惨败而自刎于乌江。时过境迁，今日之彭城已化作陈迹，荒芜枯草、旧冢林木之间，不知是否有成群麋鹿经行？而黄河两岸的宣房之基，今又尚在否？大梁废墟中有无持盂羹者于信陵君之祭日为之浇酒添香？诸此历史之兴衰演变，臣器皆为我重陈

竹林七贤图

之。他日，我当打理行囊，亲历山水，参验其言。

其实，唐子畏是在讲：过往荣华，如木槿般朝荣夕落，转瞬消逝；人世兴衰，如铜驼荆棘，沧海桑田。凡此诸种，都被时间之流裹挟而坠入历史深处，徒留残垣陈迹作为昔日之证。然而，后世仍然可以于残垣陈迹之间、于布帛竹简之中，追想过往的璀璨光芒。历史的迷人之处，正在于此种纷繁错杂之中恒常不变的追怀感动、亘古如斯的薪火相传。只有个体不断读万卷书、行万里路，方能真正走进历史长河之中，在传统之中真实地感受何为历史，何为生命。

明 文

沈周《落花诗意图》（局部）

千里游宦为底事,每年风景属他乡

——王守仁《瘗旅文》

唐代元和年间,书生廖有方下第游蜀,行至宝鸡西,暂宿于公馆之中。正欲解囊休息,忽闻隔壁传来断断续续的呻吟声。廖有方屏息潜听,呻吟之声逐渐微弱下来,代之以急促的喘息声。廖氏连忙推门而入,只见一贫病儿郎僵卧床上,面色枯黄,骨瘦如柴,气若游丝,似已数日卧病未食。廖有方问其何以孤身染疾于此,此儿挣扎良久,方勉强对曰:"我十年寒窗,辛勤数举……只为有朝一日能够名列榜中,登科及第,学优而仕,光耀门楣……孰料知音难遇,数载无名。如今,我再次下第,流落异乡,身无分文,病笃难瘥,终是难逃一死……惟盼公子……能够将我的遗骸……送回故里……让我……落叶归根……"话未及毕,俄忽而逝。廖有方感其命途凄惨,遂贱鬻所乘鞍马于村豪,备办棺椁墓碑,将此人下葬。念及二人同为寒窗苦读、应举不第之命途多舛者,难兄难弟,同病相怜,廖有方凄恻怆然,终日莫能释怀。故执笔为其作墓志铭曰:"嗟君殁世委空囊,几度劳心翰墨场。半面为君申一恸,不知何处是家乡。"痛此儿之零落,伤一己之无着。

明正德元年(1506年),兵部主事王守仁(1472—1529年在世,字伯安,号阳明,谥文成,世称"王阳明")因反对宦官刘瑾,被敕令廷杖四十,谪贵州龙场(贵阳府修文县治,现为贵州省修文县龙场镇)驿丞。明成化八年九月三十日(1472年10月31日),太夫人郑氏娠十四月生王守仁于绍兴府余

明文

科举考试图

姚县（今浙江省宁波市余姚县），其父王华为之取名王云，字伯安。王华于成化十七年（1481年）高中状元，举家迁居京都。王云自出生以来，年至五岁尚不能言。一位高僧告诉王华，欲疗其疾，须为之改名守仁。王华将信将疑地照办，儿子始能讲话。王守仁不仅儒学造诣甚高，亦精通兵法骑射；少年守仁以诸葛亮自勉，励志成就功名。弘治十二年（1499年），王伯安考取进士，授兵部主事。历职三载，即罹贬官龙场之难。赴官途

王守仁（1472—1529）

中，又遭刘瑾手下追杀，幸而王守仁机智敏捷，方得以化险为夷。正德四年（1509年）秋月三日，亦即王阳明被贬龙场后的第三年，一位来自京师的吏目携一子一仆前往贵州赴任，却暴死异乡。王守仁有感于此，遂作《瘗旅文》（"瘗"即"埋葬"，故文题言"为埋葬过路旅者所作之文"）以祭之：

明 文

　　维正德四年秋月三日，有吏目云自京来者，不知其名氏，携一子一仆，将之任，过龙场，投宿土苗家。予从篱落间望见之，阴雨昏黑，欲就问讯北来事，不果。明早，遣人觇之，已行矣。

　　薄午，有人自蜈蚣坡来，云："一老人死坡下，傍两人哭之哀。"予曰："此必吏目死矣。伤哉！"薄暮，复有人来，云："坡下死者二人，傍一人坐叹。"询其状，则其子又死矣。明日，复有人来，云："见坡下积尸三焉。"则其仆又死矣。呜呼伤哉！

　　念其暴骨无主，将二童子持畚、锸往瘗之，二童子有难色然。予曰："嘻！吾与尔犹彼也！"二童悯然涕下，请往。就其傍山麓为三坎，埋之。又以只鸡、饭三盂，嗟吁涕洟而告之。

　　吏目前日方携子、仆赴任,翌日午时即被发现身亡于蜈蚣坡下。或因自怜背井离乡、谪居此荒蛮之地,郁郁而终;或因久居中原、不适应南方风土,染病暴卒。傍晚,衙役又在吏目尸首旁发现了其子之尸。在吏目与其子身亡的第二日,蜈蚣坡下又发现了第三具尸体——其仆者亦亡于此。吏目三人抵龙场尚未及三日,便相继而亡,诚可伤哉! 王阳明念及三人客死异乡,无人问津,又暴尸骨于山野之间,便差长期服侍身边的两仆童持铁锸、簸箕前往蜈蚣坡,将此三人就地埋葬。二人面面相觑,似有难色。王阳明望之而叹曰:"唉! 此三者当日赴任之情状,于我三人三年前初至此地,何其似矣!"话未及毕,二人已潸然泪下,自请往之。于是,便在附近一个山麓中挖了三个坑,葬此三人。王阳明又携一只烧鸡、三盂饭,前往拜祭。并作祭文曰:

　　呜呼伤哉! 繄何人? 繄何人? 吾龙场驿丞余姚王守仁也。吾与尔皆中土之产,吾不知尔郡邑,尔乌为乎来为兹山之鬼乎? 古者重去其乡,游宦不逾千里。吾以窜逐而来此,宜也。尔亦何辜乎? 闻尔官吏目耳,俸不能五斗,尔率妻子躬耕可有也。乌为乎以五斗而易尔七尺之躯? 又不足,而益以尔子与仆乎? 呜呼伤哉!

　　尔诚恋兹五斗而来,则宜欣然就道,乌为乎吾昨望见尔容蹙然,盖不任其忧者? 夫冲冒雾露,扳援崖壁,行万峰之顶,饥渴劳顿,筋骨疲惫,而又瘴疠侵其外,忧郁攻其中,其能以无死乎? 吾固知尔之必死,然不谓若是其速,又不谓尔子尔仆亦遽然奄忽也! 皆尔自取,谓之何哉! 吾念尔三骨之无依而来瘗尔,乃使吾有无穷之怆也。呜呼伤哉!

　　纵不尔瘗,幽崖之狐成群,阴壑之虺如车轮,亦必能葬尔于腹,不致久暴露尔。尔既已无知,然吾何能为心乎? 自吾去父母乡国而来此,三年矣,历瘴毒而苟能自全,以吾未尝一日之戚戚也。今悲伤若

禹之鼎《小秀野图》(局部)

此,是吾为尔者重,而自为者轻也。吾不宜复为尔悲矣。

呜呼哀哉!你究竟是何方人士,竟客死于此荒蛮之地?我乃龙场驿丞、余姚王守仁。我与你皆生于中土,我虽不知你之籍贯郡邑,但身为北国士子,缘何要涉此"桂树丛生兮山之幽,偃蹇连蜷兮枝相缭。虎豹斗兮熊罴咆,禽兽骇兮亡其巢"的魑魅之土?古语有云:重去其乡,游宦不逾千里。我因过而迁谪此处,既乃天经地义,每每念此,便亦心中无怨。但你又有何辜,为何要罹此炎蒸毒瘴之苦?你不过一小小吏目,区区五斗的薪俸,即便全家种田都会有的。为何你竟为这五斗之米而折堂堂七尺之躯?你若果真留恋这五斗米,一人辛劳便罢,为何还要为此而断送你儿子与仆人的性命?你既为月薪五斗之米而来,就该欣然上路,可为何我初见你时,你尚双眉紧蹙、面带愁容,似是不胜其忧?一路冲风冒雨,攀崖走壁,饥渴劳顿,骨疲筋惫,又瘴疠侵体,忧郁攻心,如何能免于一死?我知你必死无疑,可孰料你之亡去何其速也;而我万万没承想,你的儿子与仆人竟陪你共赴黄泉。你之今日,实为自取;然你三人之花果飘零,却使我悲慨万端。纵然我不葬你们,山间之狐、深谷之蟒,亦能葬你们于腹中,使你们免于暴尸荒野。虽然你三人已因无知觉而远离苦痛,但我又于心何安?自我来此蛮陬之地,时已三载,身如泛梗飘萍,心却尚怀"云散月明谁点缀,天容海色本澄清"之旷达自适。今日,伤恸若此,实缘我思你过重,而念已甚轻。如今想想,我不该再为你悲伤了!

于是,"吾为尔歌,尔听之。"歌曰:

> 连峰际天兮,飞鸟不通。游子怀乡兮,莫知西东。莫知西东兮,维天则同。异域殊方兮,环海之中。达观随寓兮,奚必予宫。魂兮魂兮,无悲以恫。

> 又歌以慰之曰:与尔皆乡土之离兮,蛮之人言语不相知兮。性命不可期,吾苟死于兹兮,率尔子仆,来从予兮。吾与尔遨以嬉兮,骖紫彪而乘文螭兮,登望故乡而嘘唏兮。吾苟获生归兮,尔子尔仆,尚尔随兮,无以无侣为悲兮!道旁之冢累累兮,多中土之流离兮,相与呼啸而徘徊兮。餐风饮露,无尔饥兮。朝友麋鹿,暮猿与栖兮。尔安尔居兮,无为厉于兹墟兮!

连绵之峰高入天，飞鸟不通；游子穷居念故乡，莫知西东；天涯地角寻思遍，头顶苍天一般同。异域殊方虽可恨，却皆桑田环海中。随缘自适且达者，幕天席地更吾宫。魂兮魂兮闻此言，毋更悲伤复惊恐！吾汝皆乃宦游人，南言北语不相通。朝生暮死不可期，前途渺渺已成空。吾苟葬兹魍魉地，君率子仆来相从。乘龙御宇远游乐，登临望乡恸而悲。吾苟获生归故里，尔子尔仆尚尔随，莫以无侣为悲痛。道旁累累多枯冢，中土游魂卧其中，与之声气相应同。餐风饮露无使饥，朝友麋鹿暮猿洞。安尔心兮居尔冢，无为厉鬼肆逞凶！

王阳明文末的"达观"不过是自我排解的宽慰之辞，他将飘落异乡的悲苦深埋心中，努力使自己从容面对眼前的一切；然而，面对吏目之死，"同是天涯沦落人，相逢何必曾相识"，王阳明百感交集，再难自持，内心的凄苦一触即发，终是难以释怀；否则，阳明亦不会在"繄何人"的不断追问与"呜呼伤哉"的反复哀叹中"悲伤若此"。

沧海桑田，继廖有方所立之碑，相类之冢不计其数；而今，这片土地上又多了三座相同的墓碑。这些墓碑上隽写着同样的主题：漂泊—怀乡—死亡。

唐代不知名的书生，与王阳明笔下的吏目一样，共同漂泊在死亡的世界里。他们仿若于深秋飘落异乡的枯叶，随风飞起，腾旋，沉降……最终尘埃落定，悄然而终。这些异乡"过客"无时不期待着自己下一刻的归返。柳宗元说，"海上尖山似剑芒，秋来处处割愁肠"；韩愈说，"云横秦岭家何在，雪拥蓝关马不前"；李商隐说，"何当共剪西窗烛，却话巴山夜雨时"；李觏说，"已恨青山相阻隔，青山还被暮云遮"……这些怀乡的诗句，真切触动着千古游子的生命。但往往事与愿违，不知自何时起，这些游

明
文

雪山行旅图

子被牢牢定格于"他乡","他乡"真正成了"过客"的"故乡"。他们一定曾经试图回归,哪怕倾尽所有,也要再次回到那个"自我"与"他者"能够彼此包容的地方,安然而逝;但经过无数次的努力、失败、泪水、酸涩、苦笑、痛楚、无奈,他们方逐渐明了:生命本就是漂泊之中的位移。每个在世个体,都是在孤舟一叶的不断行走中,书写着自我,延展着生命。吴融说,"千里宦游成底事,每年风景是他乡"。但没有"他乡",也就无所谓"故乡";没有"他者",也就无所谓"自我";没有"出发",也就无所谓"停留";没有"行走",也就无所谓真切而流动的"生命"。

明

文

素衣莫起风尘叹,犹及清明可到家

——屠隆《在京与友人》

南宋淳熙十三年(1186年),六十二岁的陆游已于家乡山阴(今浙江绍兴)赋闲五年。是年春,陆游复被起用为严州(今为浙江杭州属地)知府。赴任之前,须按例先抵都城临安(今浙江杭州)觐见皇帝,陆游便住在西湖边上的一家客栈里,听候召见。百无聊赖之中,遂提笔作七律一首《临安春雨初霁》:世味年来薄似纱,谁令骑马客京华? 小楼一夜听春雨,深巷明朝卖杏花。矮纸斜行闲作草,晴窗细乳戏分茶。素衣莫起风尘叹,犹及清明可到家。陆游说:少时常闻人言顾况"一生肝胆向人尽,相识不如不相识"之句,然年幼无识,未解个中深意;如今,我已是年近半百,司空见惯浑闲事,人情冷暖、世态炎凉无不饱尝,方知人心叵测、世道浇漓,亦方识顾况"一生肝胆向人尽,相识不如不相识"之语、刘禹锡

陆游(1125—1210)

"长恨人心不如水,等闲平地起波澜"之言,读来何其真切地尽道吾辈胸中之言! 世味薄如轻纱,相交重利寡义,出门难觅知己,人情日渐疏离。贺知章"金龟换酒识太白"的肝胆相照,杜子美"天下朋友皆胶漆"的金兰之谊,高适"莫愁前路无知己,天下谁人不识君"的至性洒然,王摩诘"惟有相思似春色,江南江北送君归"的深情厚谊,已然烟消云散,眼下徒见"今人表似人,兽心安可测? 虽笑未必和,虽哭未必戚。面结口头交,肚里生荆棘"。世间如此薄情寡味,你不深居乡里,留住最后一分尚可把捉的山光水色与亲友邻里之温情,便也罢了;缘何

更身骑瘦马,客居京华,感受着京城尘土蔽天的污浊与混乱不堪的人际环境?你置身其中,进退维谷,只能寄情于山林皋壤之间,暂享欣欣然之乐焉。今夜,春雨随风入夜而来,淅沥至天明,清和温润,沁人心扉。躺在床上想着花草树木被春雨点点濡湿的情景,明朝定有花农于深巷之中闲卖杏花。哪怕街巷再深,亦无法阻挡杏花的馥郁芬芳弥散于屋檐瓦缝之间。或许,这杏花的暗香可走进并濡润我幽微隐曲的内心,于我干涸已久的心田潜滋暗长。无聊至极、无奈至极,便故意于短短的纸上斜作张芝所言"匆匆不暇"、耗思耗时的草书,明知纸张窄小,作于其上殊难成行,但此举正可资消遣;更于晴午的窗边,煮水沏茶,看着腾而复落的茶叶与回旋漂浮于茶水上的细沫,独自消磨一段闲散的时光。回想过往,三十年来尘与土,自己确乎错了,在一个不属于自己的地方流连忘返,误把他乡作故乡;不过,数十年之孰是孰非,已然了逝,迷途知返,虽已皱纹满布,鬓发斑白,但亡羊补牢,为时尚未晚矣。如今,闲居京城,无所事事,倒不如谢官归田,回到儿时的自由、温情之乡。"京洛多风尘,素衣化为缁",但你诚然不必自叹自怜,因为你距魂牵梦系的故乡已不远矣。想着一路归家,欣赏沿途不期而遇、别有洞天的景致,想着清明之际,你就会真切见到昔日只能于梦中照面的亲友与故居,自当洒然而笑,快意而饮,又何必戚戚然如穷塞之辈哉?陆游将志不得伸的失落怅然,小心藏于"小楼一夜听春雨,深巷明朝卖杏花。矮纸斜行闲作草,晴窗细乳戏分茶"的行立坐卧之间,藏于"世味年来薄似纱,谁令骑马客京华""素衣莫起风尘叹,犹及清明可到家"的矛盾情感之间。内心难以遏制的激楚之言,逐渐融化于"故园"的温情暖意之中。

无独有偶,三百余载后,竟有异代知音与陆游遥相呼应。万历五年(1577年),屠隆(1541—1605年在世,鄞县人。明代戏曲家、文学家。字长卿,又字纬

明
文

张萱《虢国夫人游春图》

真,号赤水,别号由拳山人、一衲道人、蓬莱仙客,晚年又号鸿苞居士)高中进士,任颖上知县,转青浦令,后迁礼部主事、郎中。屠长卿为官廉正,关心民瘼,曾作《荒政考》,极书百姓困厄之苦,"以告当世,贻后来"。然而,无论清世抑或浊世,体察时情、为民请命的廉洁之官总会受到贪官污吏的百般忌恨与阻挠。常言道:宁可得罪君子,不可得罪小人。君子与小人分道而立,尚须谨慎万分,稍不留意,便遭横祸;况是针锋相对,正面交锋!一旦得罪这些小人,他们哪怕指鹿为马,颠倒黑白,亦要编造理由置人于万劫不复之地。屠隆本即性情中人,立身行事率性豪放、不拘小节,因此,口无遮拦之间,亦不知不觉得罪了一批人;加之所遇非人,万历十二年(1584年),曾为屠隆指摘的刑部主事俞显卿,上疏揭发屠隆与宋世恩生活淫纵,屠隆辩解未果,被削籍罢官。晚年,屠隆游历于吴越山川之间,论道谈玄,又纵情诗酒,招徕宾客。屠隆晚年家境不甚宽裕,不得不以卖文为生,怅悴而卒。屠隆于京城为官期间,限于多方掣肘,仕宦生涯不甚如意,故为《在京与友人》一文,将满腹牢骚尽于笔端,既为怀友之作,亦乃自抒块垒之辞:

> 燕市带面衣,骑黄马,风起飞尘满衢陌。归来下马,两鼻孔黑如烟突。人马屎和沙土,雨过淖泞没鞍膝。在姓竟策蹇驴,与官人肩相摩。大官传呼来,则疾窜避委巷不及,狂奔尽气,汗流至踵,此中况味如此。

> 遥想江村夕阳,渔舟投浦,返照入林,沙明如雪,花下晒网罟。酒家白板青帘,掩映垂柳,老翁挈鱼提瓮出柴门。此时偕三五良朋,散步沙上,绝胜长安骑马冲泥也。

张择端《清明上河图》(局部)

燕市,即明代京都北京,因春秋时为燕国都城"蓟",故有此称。屠隆说:骑马走在京城的大街小巷,灰土蔽日,风起尘飞,原本鬃毛油亮之良马亦因尘沙蔽身而灰头土面,周身泛黄;即便头戴遮面防尘之面衣,亦难能抵挡尘沙扑鼻、呼吸困难之苦,归来下马,两个鼻孔如烟囱般粗大黢黑。人、马粪便与沙土混在一起,阵雨过后,四处泥淖,深得甚至淹没了马鞍与行人的膝盖。百姓争相策长鞭、驱蹇驴,与骑马乘轿之官肩摩膀碰臂。高官传令之吏前来呼喝回避,这些行人百姓便像败阵逃兵般狂奔至深街僻巷,汗流至踵,拥挼推挤,相互踩踏,避之唯恐不及。唉!个中之况味若此。

回想从前夕阳之下的故里江村,波光泛若金鳞,渔舟投浦而归,夕阳返照入林,沙滩洁白如雪。于花丛之下晾晒渔网,闻鸟语而嗅花香。酒家未曾漆过的斑驳门板与门栏上青青的幌帘、随风飘舞的垂柳相互掩映。老翁提鱼携酒慢慢踱出柴门。此际,偕三五好友沙滩散步,绝胜于京都骑马、泥中挣扎。

屠隆不愧为纵情率性之辈,连与友人之书信都写得如此夸张而语出犀利,无所顾忌。京都环境之恶劣,行人尘土满面、素衣作缁之狼狈,高官炙手可热势绝伦之不可一世,在屠隆笔下皆如此可恨可爱,率意自然,全无书白发生"掉书袋"之酸腐迂阔。在强烈的对比之中,寥寥数语,尽道故里之单纯和美,京城之琐碎不堪。在陆游与屠隆笔下,"故园"("家")成为二者置身"素衣作缁"、"风起尘飞"、世味淡薄、人情冰冷之京都的最后一分温情慰藉,以其维系个体在困境中做着种种关乎亲情、友情、故里乃至生命的美好想象;哪怕此种努力只是想象之中虚幻的自我安顿。以立足之地为根基,做由迩及远的意义观照与秩序赋予,是个体在世的必然方式。某场所中的"着根"与"舒适",常有日用而不知之特色。但个体一旦为此场所抛离于外,其存在的安全感遂受威胁,身份认同之焦虑亦并之而起。在追寻安顿的焦虑之中,"家"常为个体回望之首选。"家"是在世个体最熟悉、最切近的空间中心,个体在日常生活中与世界照

明文

山水图

面,都在不知不觉中将所及之"人""事""物"与自我之"家"做着或高或低的比照。只有在"家"中,个体面对着一切熟悉的"人""事""物",进入"亲情"的关系之网,方能够真切感受到存在的归属及自由感,哪怕此"家"贫寒如洗,四壁空空。只要由"家"中标识着昔日家庭成员"曾在此"之物象所构成的关系网链延绵不绝,"家"作为寄托个体生命归属感的凝聚性便不会丧失,"家"便是个体精神上永恒的着根之处。"失家"便意味着个体的身心得不到归宿,丧失了存在的中心性与曾经熟悉并赖以为生的关系网,成为一个"流落异乡"、缺乏"安全感"的"游子"。对于"失家者"而言,对"故园"的记忆与想象便成为其笔下不断重复的主题。

"失家者"笔下的"故园"并非仅指根植于现实土地之上具有血缘亲情、世代承袭特征的现实故乡,而是指经过纯化与重构的"诗性文化故乡"(包括理想与现实双重意义上的故乡)。从人类精神共通性的角度而言,所谓"诗性智慧"也即一种共通的心灵语言,它表明各种人类文明有一个共通的实质几乎完全相同的心理起点。而"文化"则意味着在历代文人不断建构之下所形成的具有人文精神内涵的后天意象系统。因此,"诗性文化故乡"可看作是一种奠基于人类先天之共通性心理又在后天不断被进行文化意义建构的"文化语码"。"诗性文化故乡"较之现实故乡最显著的区别即在于"诗性文化故乡"更多了现实故乡难以企及的纯粹性、唯美性与恒常性。哪怕现实故乡在历经沧海桑田之劫后破败凋敝,想象中的"诗性文化故乡"却伴随着在世个体而诗意常青。它就"在那里",不来不去,却又散发出一种遥远而持续的向心力,是一个安宁,敞开,活泼泼充满生意、富于色彩感与温度感的广阔场域。故乡不仅浓缩了生理上的亲缘感与空间上世代相承的生存体验,"诗性文化故乡"更能生发出心理上无限的切近感,悠然绵延的生命回旋。所谓"想得家中夜深坐,还应说着远行人""马上相逢无纸笔,凭君传语报平安""遥怜小儿女,未解忆长安。香雾云鬟湿,青辉玉臂寒""君自故乡来,应知故乡事。来日绮窗前,寒梅著花未",正于彼我之往复中言说出此种血脉相连、心气相关、如斯不断、互动回还的生存和心理体验。

"诗性文化故乡"浓缩着一个在世独行者人在途中,对于心灵归栖地的诗意想象。世间的每个个体存在由生至死,都孤独地行在途中,面对无法选择、突如其来如"被抛"般地降临世间,在世个体仿佛一个没有导演指导的演员,自其登场,就必须在生命的舞台上扮演自己分内的角色,成败得失,否泰祸福,全在自己选择之路。如此"自由",毋宁说是"欠缺",或谓之"责任":"自由"只对在世个

体提出选择的"必须性",亦即"责任",却无力提供选择的依据与标准,哪怕只是一点"可能性"。对"被抛"在世的个体而言,此种无限制但必须做出选择的宽泛"自由"更像是一种在"欠缺"中践履"责任"的漫长过程。每个在世个体实皆孤独地出现并存在着,置于面前的只有无边的幽深的层递迭出的黑暗。前方是平地,是悬崖,是霁月光风,是刀山火海,我都无从知晓。黑暗中没有一线微弱之光指引我所向何处。前进中我小心翼翼,如履薄冰。因此,行在生命"旅途",以自我的一生去实践"自由选择"的在世个体需要源自一个蕴纳期予、萌生希冀的"故乡"之力量——无论他是庸庸碌碌的常人,抑或是于举世混浊之中清醒存在着的独醒者。"诗性文化故乡"的存在意义即在于:它标示着个体生命对于一种从血缘到文化上皆一脉相承的心理认同与归属感,一个安顿在世个体,使之生命有所期待与依托的意义坐标,一份在个体突如其来地被抛诸世后仍奋力承担并苦心维系的价值归属。"故乡"根植于大地,敞开于天空,勾连着远古神秘的无何有之乡,应和着人类心中关乎栖居的诗意想象。"故乡"成了维系人类生命之"根"。"故乡"在,根脉便在,诗情便在,生意便在。有了"根",才会有源源不断的生命活力、生生不息的生命脉动。"故乡"之意义即建基于这种对于回向生命本源的企盼。每逢个体发觉自己在浑浑噩噩中已不知不觉陷入沉沦的漩涡而无力摆脱之际,是"诗性文化故乡"的召唤让其领悟到生存于世的意义,不避世事之苦,乐乎生存本身,不断安慰和支撑着个体走在一条归去来兮的返乡之路上。"诗性文化故乡"所蕴纳的温情与归属感,化成世世代代在"荷笠带夕阳,青山独归远""登高回首坡垄隔,惟见乌帽出复没"的生存背景之中踽踽独行者想象中生意盎然的力量之源。个体的生存永远"在路上",但本原的生命需要"故乡"。或许,它未曾存在过;但是,它必须"存在"着。

明文

沈宗骞《山水图》(局部)

诸多关乎"生命""死亡"与"回归"的命题,都根源性地蕴藏于作为人类共同文化语码的"诗性文化故乡"中。归向生命本原的"故乡",是每个在世个体原初心灵中共通的诗性追求。古希腊通过对象化思维的方式克服死亡意识,在生命与自然的分裂对立中充分完成其个体化存在;古印度消解个体化,在以宗教存在否定生命现实价值的基础上为个体找到了精神归宿;而古代中国则以原初时代的诗性思维为基础,肯定天人合一、民胞物与之同构性,从而将全部生命智慧投诸对"返乡之路"的上下求索上。但三者无一例外地都在做着向"伊甸园"、向"桃花源"、向灵魂之"诗性文化故乡"不断回归的努力:柏拉图关乎"理式"之神圣源出的美好设想、原始佛教关乎东方极乐的无限憧憬、中国文化关乎洞天福地的温馨建构,都是人类关乎生存与死亡、迷途与归乡、沉沦与清醒、在世与出离种种状态的深沉思索与本真抉择。因此,南阳刘子骥闻桃源而欣然规往;赫尔德温情言说着"乡愁是最高贵的痛苦感";海德格尔要走在语言的途中,回归诗性的存在。因着这个千古如斯的文化语码,一个偶然处的轻吟、一个不经意的翻阅都让独行的归乡者感到,那些有关"故乡"的语词如此唇齿生芳,那些有关"故乡"的叙述如此撩人心弦,那些有关"归乡"的诗句如此高贵,如此温醇,如此回响今古,如此历久弥香。只因她"在",每一个执着的孤独者,都情愿尽其一生去用心追寻、悉心守候、小心珍藏,哪怕千峰万岭,山高水长,也要倾其所能,向着,"回家"的路。

虎溪三笑图

高视浮云任往来

——独抒性灵

人生天地间，或有以为"最是天下贵"，然得失毁誉、名缰利锁内外交缠，促迫困窘之日多，雍容闲适之日少，此亦西谚所谓"人生而自由，却无法不在枷锁之中"。"天下攘攘，皆为利往"，然人生若只如此，百年逆旅，又何有可珍爱之处？日暮途远，又何有相慰相藉安顿身心之处？幸而天地间毕竟有灵气所钟之人物，此数人者或相交于荒天枯木，或散发于寒江幽冷，昭示人间有灵魂高贵，不可以常情、常理束缚者。虽其高远旷绝处非凡俗如你我辈所能企望，其所遗留之文字，却足以新观者之耳目，令人怅惘久之。

明
文

但令一顾重，不吝百身轻

——陈继儒《侠林序》

青衫磊落险峰行，玉壁月华明。马疾香幽，崖高人远，微步縠纹生。谁家子弟谁家院，无计悔多情。虎啸龙吟，换巢鸾凤，剑气碧烟横。

——金庸《天龙八部》之《少年游》

飘萍倦侣，算茫茫人海，友朋知否？剑匣诗囊长作伴，踏破晚风朝露。长啸穿云，高歌散雾，孤雁来还去！盟鸥社燕，雪泥鸿爪无据。

云山梦影模糊，乳燕寻巢，又惧重帘阻。露白葭苍断肠句，却情何人传语？蕉桐独抱，霓裳细谱，望断天涯路。素娥青女，仙踪甚日重遇？

——梁羽生《冰川天女剑》之《百字令》

笑江湖浪迹十年游，空负少年头。对铜驼巷陌，吟情渺渺，心事悠悠。酒醒诗残梦断，南国正清秋。把剑凄然望，无处招归舟。

明日天涯路远，问谁留楚佩，弄影中州？数英雄儿女，俯仰古今愁。难消受灯昏罗帐，怅昙花一现恨难休，飘零惯，金戈铁马，拼葬荒丘。

——梁羽生《七剑下天山》之《八声甘州》

千古文人侠客梦，总让人流连忘返，口齿噙香，于快意恩仇的潇洒中带着英雄迟暮的苍凉。年少轻狂，意气风发，着一磊落青衫，孤身行于危崖险峰之上，策马游八极，剑光照空碧；人生难逢一知己，伯牙子期终天意。纵浪茫茫江湖中，如飘

断肠人在天涯

萍倦叶，身不由己，又有几人能知？然而，剑匣诗囊长做伴，踏破晚风朝露，长啸穿云，高歌散雾，孤雁来还去！世间飘零的困顿，只身一人的孤独，江湖难测的险恶，并不能打消我独闯天涯的热忱，披风踏露，诗朋酒侣，高歌长啸自乘意！某年某月某日某时，仿佛飘忽梦境，我邂逅了那位蒹葭深处的伊人，隔江人在雨声中，因缘际遇，终令我们擦肩而过，没能走进彼此的世界，但我仍怀顾着"人生若只初相见"时的美妙，"一见钟情"时的惊喜，"惊鸿一瞥"处的心动，"回眸一笑"间的万种风情；终有一日，倦了，累了，孤身回望，方觉寂寞沙洲冷，高处不胜寒，究竟是从前那个少年太过张扬恣意，还是，廉颇老矣，已然不复昔日大漠孤烟、倚天挥剑的豪情？为何，手中之剑黯然无光，持剑之人傲气全无？或许，真的是自己如孤雁独舟般飘零已久，与很多美好的相遇于弹指一挥间失之交臂，不知不觉间，心间封尘已久的儿女情长亦开始潜滋暗长。吟情渺渺，心事悠悠，唯将残梦付诗酒。酒醒诗残梦更断，怅望南国正清秋。明日，又将刀光剑影，生死以赴。天涯路远，往事如梦，俯仰之间，江畔伊人的倩影犹如历睫前。只是，昔日的纵马一跃，便注定此生金戈铁马，拼葬荒丘，无缘消受灯昏罗帐、红袖添香。待到英雄白发、垂垂老矣之日，回眸过往，虽然错失了心底那份美好，却能直凭血气仗行侠，为世间不平挥剑而鸣，亦不枉此生。满心期待想要捕捉曾经悲欢离合的生命片段，却发现，原来自己能够握住的，只是一把苍凉。

李白《侠客行》

　　如此生命，方是"侠"之人生——倾尽一生，不断追寻与书写着何为"江湖"。纵死侠骨香，不惭世上英；吾辈虽不能至，然心向往之。"侠"成就了千古文人"十年磨一剑，霜刃未曾试。今日把示君，谁有不平事"的夙昔之志。

　　清代文人张潮说："胸中小不平，可以酒消之；世间大不平，非剑不能消也。"（《幽梦影》）世道承平安泰，则任侠不行；然任侠群出，毕集成林，又似非世道之幸也。而世间鱼龙混杂，"侠士"真伪难辨，慕刚勇豪杰之士者，学任侠而不得其旨，则流而为奸雄，又流而为盗贼。所谓"伪侠"者，小则斗鸡走狗，呼卢击鞠（呼卢、击鞠皆指赌博。古代一种赌博谓之"樗蒲"，削木为子，共五颗；一子两面，一面涂黑画牛犊，一面涂白画雉。五子皆黑谓之"卢"，得头彩。掷子时高声呼喊，希望得到全黑，故称"呼卢"。鞠，古代用革制成的球。击鞠，谓即以球博胜负），高呼猛喊，是为市井无所事事、聚众赌博、侵凌老弱之恶少年；大则行凶杀人，盗其棺墓，煮制私盐，伪造钱币，勾结乡官为其壮势，有恃无恐，即便其恶事传至京城，天高皇帝远，刑吏亦莫奈其何；更有甚者，道貌岸然，人面兽心，外若披肝沥胆，内实包藏祸心。正如今之所谓身魁虬髯、鸠眼鹰视、受命于高门大户者，触三尺之律法，抵"礼""义""廉""耻"之"四维"，臭名昭著，恶贯满盈。"真侠士"当以"忠孝廉洁"为根，以"言必信、行必果"为干，以"不矜其能、不伐其德、始英雄、终神仙"为果。须备"侠气、侠肠、侠骨"之品，深沉内敛，韬光养晦，如老子所言"天下之至柔，驰骋天下之至坚"者，大成若缺，大直若屈，大巧若拙，大辩若讷；然一朝受人之托，则终身忠人之事，虽千万人而往矣，惟天地间之有大仁、大德、大能者可任之。正乃缘乎此虑，新安（今属安徽）洪世恬辛苦数十载，纂《侠林》若干卷，为真侠提榜样，为伪侠峻提防。书成，徒步至云间以示陈继儒（"云间"乃明代江苏松江府之别称。陈继儒为松江华亭人，故称其籍为云间），恭请一序。陈氏应邀作《侠林序》一文与之。篇首，陈氏追述了"侠"之源流："天上无雷霆，则人间无侠客。"——

明文

孔子（前551—前479）

陈继儒认为，是阴阳五行之失序导致了人间秩序的混乱，世风日下，时代窳污，"侠客"便应时而生。"伊尹，侠始也。子舆氏推以圣之任，而任侠从此昉矣。微独孟氏，孔子曰：'三军可夺帅也，匹夫不可夺志也。'孔子一匹夫而创二百四十年之《春秋》，知我惟命，罪我为命，夫谁得而夺之？若其堕三都，却莱夷，沐浴而告三子，直侠中之馀事耳。"——伊尹为殷商重臣，名"伊"，"尹"为官名。传说伊尹出身奴隶，原为有莘氏女的陪嫁之臣。汤先用为"小臣"，后任以国政。伊尹助汤攻克夏桀。汤去世后，伊尹继续辅佐卜丙、仲壬二王执政。仲壬死后，其侄太甲继位。太甲破坏商汤律法，不理国政，遂为伊尹所放逐。三年后，太甲悔过，伊尹又迎其复位。《春秋》，又称《麟经》《麟史》，是鲁国的编年史，传统上认为是孔子所作。所记起鲁隐公元年，迄鲁哀公十四年，凡十二公，二百四十二年，是中国现存最早的一部编年体史书。相传"周道衰废，孔子为鲁司寇，诸侯害之，大夫壅之。孔子知言之不用，道之不行也"，亦以"载之空言，不如见之于行事之深切著明"，故作《春秋》，录"是非二百四十二年"之事，"以为天下仪表，贬天子，退诸侯，讨大夫，以达王事"。《春秋》以"微言大义""一字寓褒贬"著称，此种以褒贬、曲笔为形式而以"微言"寄"大义"之写法被后世誉为"春秋笔法"。陈继儒继续说道：商之伊尹，乃侠客之始，孟子（名轲，字子舆）以圣贤任之，任侠之尚自此而始。不仅孟子对其推崇备至，孔子亦言："三军可夺帅也，匹夫不可夺志也。"孔子以区区一百姓之身，而纂录二百四十余载之历史事件，名之曰《春秋》；言后世德我而缘此《春秋》，罪我亦缘乎此。今纵观历代诸史家之著，何者能够超乎孔子之上？而《春秋》所录侠者之事迹，亦不过"侠"之余事耳。西汉司马迁因不忍见李凌蒙冤，仗义执言，故被下狱而遭宫刑；此间，雅慕朱家、田仲、王公、剧孟、郭解等侠义之辈，欲彰其生平，遂作《史记》之《游侠列传》。然后世谓此等"侠"者实乃以武犯禁、沽名钓誉之徒，有虚名位而无真精神。世人对"侠"之误解可谓深矣！于是，陈氏意欲正本清源，为世人彰显"真侠士"应具之精神与品行：

　　人生精神意气，识量胆决，相辅而行，相轧而出：子侠乃孝，臣侠乃忠，妇侠乃烈，友侠乃信。贫贱非侠不振，患难非侠不赴，斗阋非侠不解，怨非侠不报，恩非侠不酬，冤非侠不伸，情非侠不合，祸乱非侠不克。古来自伊尹、孔孟而后，上至缨绥，下至岩谷，以及妇人女子笄髽之流，何代无侠，何侠不奇，特未有拈出之以振世人之耳目者。此洪世恬《侠林》之所由作也。

人生之精神意气与肝胆卓识，诚乃相辅相成：为子而称"侠"者当具孝行，为臣而称"侠"者当具忠心，为妇而称"侠"者当具贞操，为友而称"侠"者当具诚信。积贫积弱，非倚靠"侠"之仗义疏财而不振；面对危难困境，非如"侠"之勇于牺牲者而难能赴险；兄弟阋墙，非赖"侠"之急公好义而不解；祸乱横起，非"侠"之义胆卓识而不克。古来自伊尹、孔孟而后，上至高官贵胄，下至庶士黎民，以间及女流之辈，何代无侠，何侠不奇，不过未有拈出之以振世人耳目之着先鞭者而已。此即洪世恬所以撰《侠林》之所由。

最后，陈继儒不无感慨道，"余少好任侠，老觉身心如死灰"——千古文人，只能于故纸堆间做着"金戈铁马，拼葬荒丘"的侠客之梦；梦醒方觉"十有九八堪白眼，百无一用是书生"的悲凉何等真切。然而，世间多有可怖而令人闻之失箸之事，亦多有一诺千金、不畏强权、惩奸除恶、视死如归之人。《侠林》述其种种，其震世之力，不可不谓之大；其劝世之功，不可不谓之夥。

梁羽生在论及"武侠小说"时，曾如此言之："我以为在武侠小说中，'侠'比'武'应该更为重要，'侠'是灵魂，'武'是躯壳。'侠'是目的，'武'是达成'侠'的手段。与其有'武'无'侠'，毋宁有'侠'无'武'。""侠就是正义的行为。"言下之意，武侠小说中真正称得上"大侠"之辈，武艺超群尚在其次，"其言必信，其行必果，已诺必诚，不爱其躯，赴士之厄困。既已存亡死生矣，而不矜其能，羞伐其德"（司马迁《史记·游侠列传》）之传统"游侠"精神方乃此辈之灵魂所在。西汉司马迁在《史记·游侠列传》中言"豪暴侵凌孤弱，恣欲自快，游侠亦丑之"，与梁羽生之论言异旨同，梁氏诚可谓司马氏之异代知音。"侠"这一概念，最早见于《韩非子》一书。《韩非子·八说》言"弃官宠交谓之有侠"，"有侠者官职旷

明文

司马迁（前145或前135—前87）

也"，认为"侠"乃无官无职、无所事事、聚众宠交之流。《韩非子·五蠹》中更言"儒以文乱法，侠以武犯禁"，"其带剑者，聚徒属，立节操，以显其名，而犯五官之禁"，认为"侠"恃其豪武劲猛而肆意妄为，违法乱纪，以逞其能，因此，在黎民看来，"侠"乃"行剑攻杀，暴傲之民也，而世尊之曰廉勇之士；活贼匿奸，当死之民也，而世尊之曰任誉之士"（《韩非子·六反》），诚为导致社会混乱之一要因。以此而言，在法家理解之中，"侠"在其初生之时，就带有浓厚的贬义色彩。

墨家则大尚"任侠"精神："任，士损己而益所为也"（《墨子·经上》）；"任，为身之所恶，以成人之所急"（《墨子·经说上》）。所谓"任侠"，实乃"急公好义，勇于牺牲，有原则、有正义感，能替天行道、纾解人间不平"（龚鹏程《侠的精神文化史论》）之辈。司马迁更为游侠立传，赞其"救人于厄，振人不赡，仁者有采；不既信，不倍言，义者有取焉"。班固亦于《汉书》中立《游侠传》，承司马氏而下。其后，便再无史家为游侠单独作传。

虽然历史学家普遍认为，东汉以后，游侠大势已去，再难振起；然而，只要有人的地方，就有"江湖"，只要有"江湖"的纷争，便会有游侠的踪影。每逢世道衰微，人心不古，原有的社会秩序与道德模式受到威胁，游离体制之外的"游侠"便应运而生。虽然游侠自班固而后，不复进入正史书写领域，然而，作为一种文化符号与精神象征，"侠"自魏晋而下，在中国的文学书写中却从未间断。三国时期，魏国曹植的《白马篇》自为贻响后世之作，"仰手接飞猱，俯身散马蹄"二句更乃脍炙人口之佳句；即便以"平淡"诗风而为宋人推崇备至的东晋诗人陶渊明，亦曾作有《咏荆轲》《拟古九首》等咏"侠"名篇；在唐代，"豪侠"更与"神怪""爱情"构成了唐传奇的三大表现题材；宋代豪侠传奇以唐代豪侠传奇为范本，并无实质性变化；降及明清，"侠"更成为戏曲与小说的重要题材。时至今日，武侠小说中身怀绝技、叱咤风云的"大侠"仍是千万少年心向往之的梦。"即使在记载（或不记载）游侠的史书中，也都融合了历史事实与史家的主观视野。而当表现侠客的人物由史家转移到诗人、小说家、戏剧家肩上时，这种侠客形象的主观色彩更是大大强化。而且随着时代的推移，'侠'的观念越来越脱离其初创阶段的历史具体性，而演变成一种精神、气质，比如'侠骨''侠情''侠节''侠气''侠烈''侠行'等等。"（陈平原《千古文人侠客梦》）"侠"在世人历史性的记忆、书写、模仿与革新中积淀为一种以"正、勇、信、义"为核心的文化，世代相传，经久不衰。

明文

时过境迁，昔日刀光剑影、血雨腥风的江湖，而今已难再见；那些侧身江湖、纵马长剑的侠士，亦随着江湖的褪色而逐渐淡离了你我的视线。难道，真的应了那句古词——把风云庆会消磨尽,都做北邙山下尘。便是君,也唤不应,便是臣,也唤不应;难道,侠士"重义轻生一剑知"的至情至性,不知从何时起,只能驻足在你我生命深处、存活于堂吉诃德式的追寻与执守之中,让世人在痴迷中,怀想昔日不复的豪情?"天下风云出我辈,一入江湖岁月催。宏图霸业谈笑中,不胜人生一场醉。提剑跨骑挥鬼雨,白骨如山鸟惊飞。尘世如潮人如水,只叹江湖几人回",真的成了侠客"曲终落幕"的自挽之联?——不,"江湖"远吗?"江湖"从未遥远,人就在"江湖"之中,"江湖"如何会远?那么,"侠客"在吗?当然,只要有"江湖"的纷争,便会有"侠客"的踪影,万古如斯。

笑傲江湖

曲肱自得宣尼趣,陋巷何嫌颜子贫

——陈继儒《颜子身讽》

颜回,字子渊,孔子七十六弟子之首,春秋时鲁国人。好学,在孔门中以德行著称。后世尊之为"复圣"。《论语》中载孔子言"有颜回者好学,不迁怒,不贰过";又载"颜渊死。子曰:'噫! 天丧予! 天丧予!'""颜渊死,子哭之恸。从者曰:'子恸矣!'曰:'有恸乎? 非夫人之为恸而谁为?'"(《论语·先进第十一》)可见孔子对颜回十分欣赏与推崇。而在《论语·雍也第六》中,记载了一则令后世,尤其是宋人不断追问的"孔颜之乐"事:

颜回(前521—前481)

> 子曰:"贤哉,回也! 一箪食,一瓢饮,在陋巷,人不堪其忧,回也不
> 改其乐。贤哉,回也!"

孔子认为,颜回之贤在于其处陋巷之中,箪食瓢饮,却依旧能够不改其乐。然而,颜回所乐者何? 北宋周敦颐以为,"颜子一箪食,一瓢饮,在陋巷,人不堪其忧,回不改其乐。夫富贵,人所爱也。颜子不爱不求而乐乎贫者,独何心哉? 天地间有至贵至富、可爱可求而异乎彼者,见其大而忘其小焉尔。见其大则心泰,心泰则无不足,无不足则富贵贫贱处之一也,处之一则能化而齐,故颜子亚圣"。见"天道"之至贵至富、可爱可求,故忘怀世间"小我"之宠辱得失,不戚戚于贫贱,不汲汲于富贵。程颢则以为,"仁者在己,何忧之有? 凡不在己,逐物在外,皆忧也。乐天知命,故不忧,此之谓也。若颜子箪瓢在他人则忧,而颜子独乐者,仁而已"。在程颢看来,"孔颜乐处"就在"乐天知命",返本体仁。朱熹则从个人、社会和宇宙三方面诠释"孔颜乐处"。首先,超越个人之"私我",心不为

外物所累,达到"无我"之境,此乃"鸢飞鱼跃"之境界。其次,由"小我"而进到整个人类的"大我"境界;超越"独乐乐"之"独善其身",而入众人"同乐乐"之道德境界。此为"无一夫不得其所"之境界。周氏、程颢与朱熹皆乃理学发展史上的关键性人物,三人皆曾着重探讨过"孔颜之乐所乐者何",以此可见,"孔颜之乐"为影响宋代理学发展方向的一个重要命题。被后世誉为明代"山人之首"的陈继儒(别名眉公、麋公),生逢明末乱世,士人被卷进政治斗争中并惨遭杀戮之情境,屡见不一。因此,陈眉公的一生伴有强烈的避祸全身思想。年二十九,即焚儒衣冠,隐居小昆山之南,绝意科举仕进。父亡后,移居东佘山,杜门著述,屡奉诏征用,皆以疾辞。《颜子身讽》即眉公韬光养晦、远离政治风浪之人生哲学的传达:

> 颜子居陋巷,一箪食,一瓢饮。孔子贤之,非贤其安贫乐道也。安贫乐道,独行苦节之士皆能之,何足以难颜子。颜子,王佐才也。箪瓢陋巷中,却深藏一个王佐!当是时,不特仲由、子贡诸侪辈拉他不去,即其师孔子栖栖遑遑,何等急于救世,而颜子只是端居不动,而且有以身讽孔子之意。其后孔子倦于环辙,亦觉得陋巷的无此劳攘;厄于绝粮,亦觉得箪瓢的无此困顿;又其后,居夷浮海,毕竟无聊,原归宿到蔬水由肱地位,而后知颜子之早年道眼清澈耳,所以有感而三叹其贤也。古人云:"智与师齐,减师半德;智过于师,乃堪传授。"其颜氏之谓

陈继儒《梅花册》

耶！故终日不违，不见他如愚，惟于箪瓢陋巷时味之，绝不露王佐伎俩，亦绝不露三十岁少年圭角，至此方见得颜子如愚气象。

陈继儒认为，孔子以颜回箪食瓢饮为贤，非贤其安贫乐道也。因为安贫乐道乃恪守节操者皆能之，不足以为特达之能事。颜回之可贵处在于，作为帝王师式之人物，身怀王佐之才，然而，却能够于"道不行"的乱世之际，独具慧眼洞识，韬光养晦，独善其身。子路、子贡之辈劝其入仕为官，连其师孔子亦为急于救世而栖栖遑遑，颜子却独能安于清贫简朴，端居不动，有身体力行以讽谏孔子当远避乱世而独善其身之意。等到孔子晚年屡遭不遇，而倦于周游列国以弘其道，游于陈、蔡之间，而被困于郊野数日不食之际，方觉陋巷之中，箪食瓢饮，是何等无冻馁之患，无劳攘之疲。因此，孔子之所以赞颜回贤者，乃因其能够洞察时机，处乱世之中，不扬才露己，远离政治风浪，免祸自安。陈眉公欲借颜子深谙出处进退之机而劝诫时下名士早日抽身官场、远离祸端，可谓吐言婉曲，用心良苦。

"孔颜之乐，所乐者何"自宋儒始，而真正成为关乎纵浪大化之个体安身立命的首要问题。此"乐"，被宋儒诠释为贯穿生命终始的"一体之仁"——一种在人饥己饥、人溺己溺的关切中所获得的民胞物与之大快乐。周敦颐不除窗前草，言其"如自家意思一般"；程颢诗言"闲来无事不从容，睡觉东窗日已红。万物静观皆自得，四时佳兴与人同。道通天地有形外，思入风云变态中。富贵不淫贫贱乐，男儿到此是豪雄"（《秋日偶成二首》之二）。此二者皆乃于"静观"中见"生意"，于"他者"处见"仁心"，以"仁者泛爱众"之心包纳万物，超越"小我"与

明

文

陈继儒手迹

"私我"而化为"大我"与"公我";而寄情草木、以己心体万物之一体情怀,"闲来无事不从容,睡觉东窗日已红"的随意与洒脱,亦乃文化面对权势之时的自我坚守,"道势相争"中"道"对于"势"的超越。而就精神意味言之,宋儒以"乐"为本正是对峙佛教以"苦"论人、以"苦"论世之"苦谛"思想。因此,宋代士大夫努力于日常生活之中寻找与突显生命之"乐",在变俗为雅的同时,化雅致的生活日常化、凡俗化,以嬉笑戏谑之姿面对生活中的种种逆境,举重若轻。因而,苏东坡在贬谪途中,方能吟出"但寻牛矢觅归路,家在牛栏西复西"如此随性率意的诗句,方能展现"儿童误喜朱颜在,一笑那知是酒红"如许淡然洒脱的生命姿态。在人生的低谷中发现生活之所"乐",生命之所"乐",甚至突破时空圉限,打破空间之大与小、明与暗、联与断、透与隔以及时间之流逝与循环、当下与永恒之间的壁障,进而获得自由的在世之"乐",亦成为宋儒于现世之艰难中寻求"孔颜乐处"之大法。宋儒罗大经言:

> 吾辈学道,须是打叠教心下快活。古曰无闷,曰不愠,曰乐生矣,曰乐莫大焉。夫子有曲肱饮水之乐,颜子有陋巷箪瓢之乐,曾点有浴沂咏归之乐,曾参有履穿肘见、歌若金石之乐。周、程有爱观草、弄风吟月、望花随柳之乐。学道而至于乐,方是真有所得。大概于世间一切声色嗜好洗得净,一切荣辱得失看得破,然后快活的意思方自此生。或曰,君子有终身之忧,又曰忧以天下,又曰莫知我忧,又曰先天下之忧而忧,此义又是如何?曰:圣贤忧乐二字并行不悖。故魏鹤山诗云:须知陋巷忧中乐,又识耕莘乐处忧。古之诗人有识见者,如陶彭泽、杜少陵,亦皆有忧乐。……盖惟贤者而后有真忧,此亦惟贤者而后有真乐,乐不以忧而废,忧亦不以乐而忘。

明
文

与佛家所谓"人生即苦谛"、世人在历经生老病死之种种苦难后,方悟现世生命之空幻相反,罗大经认为,"学道而至于乐,方是真有所得","一切荣辱得失看得破,然后快活的意思方自此生"。在体悟世间一切悲欢宠辱之后,方能了解生命真正之"乐"——宠辱不惊,闲看庭前花开花落;去留无意,漫随天边云卷云舒。然而,此"乐"并非常人所谓耳目口腹之欲得到满足后的物质层面之"乐",而是与"忧以天下"并行不悖之"乐以天下"的大快乐,是于曾子所谓"莫春者,春服既成,冠者五六人,童子六七人,浴乎沂,风乎舞雩,咏而归"(《论语·先进第十一》)的"一体之仁"中所获得的自在安宁与全副生机。但是,在"忧以天下"与"乐以天下"的双向对生中,"乐"是终极的追求。在宋儒对生命的理解中,一方面是超逾一切身外之物的快乐满足,另一方面要求个体与社会、历史同一,从而带来忧愁感。所谓"先天下之忧而忧,后天下之乐而乐"是也。但"乐"是终极性意向,因而对忧患意识形成消解和调节。"忧愁"(心灵之空缺)与"快乐"(心灵之自足)是一个先后的问题,乐感是最终的、最高的人生境界,"天下之忧"只是个中间环节。由这种乐感意向可引申出对人生、对现实世界的执着,因为生命本身是福乐的,现世本身是自足的。

然而,明代以降,时代气象之促狭与随之而来的士人生命格局之困蹇使得"圣贤忧乐二字并行不悖"的"孔颜乐处"只能化作故纸堆中的片语只言,面对生命随时可能终结的局面,远避祸患、明哲保身成为士人们不得不奉行的人生哲学。曾与陈继儒交游唱和的明末士人吴从先即言"众醉己独醒,必受众人嗔",言"名病太高,才忌太露"(《小窗自纪》),此即道出"木秀于林,风必摧之;堆出于岸,流必湍之;行高于人,众必非之"之理。陈继儒建庙祀二陆(陆机、陆云),乞取四方名花,广植堂前,言"我贫,以此娱二先生",因名之曰"乞花场"。二陆乃晋代名士,因卷入政变而招致杀身之祸。遇害时,陆机仅四十三岁,陆云四十二岁。陆机临刑前尚言"华亭鹤唳,岂可复闻乎!"语出凄凉至极。眉公建庙祀二陆,很可能源于自己所处之时代与"天下多故,名士少有全者"之魏晋相仿,深感生命之无着无常,故而对于二陆,有着"同是天涯沦落人,相逢何必曾相识"的悲慨万端。魏晋之际,多言行怪僻、不拘礼法之士,如竹林七贤常以放浪形骸、蔑视礼教的态度对抗黑暗的现实与伪善的政治。阮籍之嫂尝归宁,阮籍与之道别,时人或讥之,阮籍坦

陈继儒《云山幽趣图》

明文

然而言："礼岂为我设邪！"邻家少妇有美色，当垆沽酒，阮籍常常到少妇垆内饮酒，醉便卧其侧而眠，不自避嫌，少妇之夫察之，亦不多做疑虑。又时常一个人漫无目的地随性驾车，走到前方没有车迹处，便恸哭而返。阮籍欲以极端、反常之举隐晦地传达自我对所处时代的失望与憎恶。其所哭者，正乃为世间生命之脆弱无根、难能自由而哭，为世人随时可能的朝生暮死、对一己生命之难以掌控的悲哀而哭，为世界虽大却前行无路、命有定数却无法把捉的苦涩悖论而哭。个中难以言明的委曲、不得已的苦衷，只能以荒唐之举、以谬悠之辞而出之。魏晋如此，明末亦然。陈继儒生活的时代，与阮籍如出一辙；故而，他不断赞扬颜回懂得于乱世中明哲保身，不衿才使气、扬才露己，于颜子安贫乐道之生命格局外另标举其避祸全身之洞见，借颜子之事箴规时下名士，需早日远离政治之网，韬光养晦，自全其身。

明

文

雪满山中高士卧,月明林下美人来

——吴从先《赏心乐事五则》

明代是小品文的黄金时代,理想生命形态与现实世界的错位、阳明心学对"心即理"的标榜、商品经济的发展与印刷业的进步,都促成了崇尚不拘一格、独抒性灵之小品文的出现。明代远避政治而博览群书、醉心著述之士甚众,吴从先便是其中之一。吴从先字宁野,号小窗,祖籍南直隶常州府,生于明嘉靖年间,卒于崇祯末年。曾与明末文人陈继儒等交游。其友吴逸云:"宁野为人慷慨淡漠,好读书,多著述,世以文称之;重视一诺,轻挥千金,世以侠名之;而不善视生产,不屑争便径,不解作深机,世又以痴目之。"(《小窗清纪·序》)可见其为人仗义疏财,率直洒脱。著有《小窗自纪》四卷,《小窗艳纪》十四卷,《小窗清纪》五卷,《小窗别纪》四卷,均收录于《四库总目》,并传于世。其文风散淡萧疏与诙谐幽默并长,所作之俳谐杂说及诗赋文章,颇有影响。

《赏心乐事五则》可视作吴宁野对"雪满山中高士卧,月明林下美人来"之澹泊幽趣的抒写。五则赏心乐事中,第一则乃与"心千秋而不迁者,冥心而不妄解者,破寂寥者,谈锋健而甘枯坐者,氤氲不喷噪者,不颠倒古今而浪驳者,奏调皆合者"游戏结伴——不迁阔者方识人生之真趣味、真精神,并能身体而力行之,无空阔不实、大而无当者之夸夸其谈;内心宁静但不流于枯寂者,方能避免沉浸于佛、老之"空""无"中不能自拔,以人生为"苦谛"而不理

吴从先《小窗自纪》

世事、做一自了之汉，
名曰参破尘世、放下执
着，实乃懦者逃避在世
之责任与担当之所为；
谈论世事字句珠玑、不
乏真知灼见却甘于冥
然兀坐、独耐寂寞者，
方识"书引藤为架，人
将薜作衣"之幽居独处
的境界，而无浮夸空
谈、露才扬己、年少轻
率之嫌；谨言慎行、言

闲云野鹤

之有据者，方为持重老成，而无信口开河、哗众取宠、轻诺寡信之虞；言行一致、
忠诚守信者，方可托付终身，与之结生死金兰之交。与上述诸人交往，或师或
友，亦师亦友，此方谓之"同声相应、同气相求"的"君子之交"。宁野十分看重结
交友朋需"志同道合"，因此，他说道："华歆之见割，岂无谓哉！"管宁与华歆乃汉
末三国时期名士，一日，二人同席读书，有豪门贵者的车队浩浩荡荡地从门前经
过，管宁充耳不闻，读书如故而神态自若；华歆则急忙放下书本，随众人出门观
望。于是，管宁将坐下中席割为两半，与华歆分席坐，危颜正色而道："你不是我
志同道合的友人。"管宁之所以同华歆分席而坐，正是因为管宁认为，读圣贤书
当心无旁骛，华歆则过于追慕名利而易被外界干扰，因此，自己与华歆并非同道
中人。吴从先道："管宁割席，实非无谓之举。"其引此故实，正欲说明交友过程
中志同道合、情性相投的重要。

　　人生之第二则赏心乐事乃于适当的场合读适当的书。宁野道：

　　　　读史宜映雪，以莹玄鉴；读子宜伴月，以寄远神；读佛书宜对美人，
　　以挽堕空；读《山海经》《水经》、丛书、小史，宜倚疏花瘦竹、冷石寒苔，
　　以收无垠之游而约缥缈之论；读忠烈传宜吹笙鼓瑟以扬芳；读奸佞论
　　宜击剑捉酒以销愤；读《骚》宜空山悲号，可以惊蛰；读赋宜纵水狂呼，
　　可以旋风；读诗词宜歌童按拍；读神鬼杂灵宜烧烛破幽。他则遇境既
　　殊，标韵不一。

读史书宜对雪,白雪之晶莹洁净,可玄涤人心,使其能够以平和纯粹之心境较为客观真实地理解历史。读子书宜伴月,月光所营造的幽静玄远之境,正可突显诸子之说的杳渺深微,令人读之神思悠然。读佛书宜对美人,美人即色,是佛家所谓由执着所生之幻象,虚假不实,心存之而徒增执着淫念耳。然而色即是空,空即是色,修佛本非于世间刻意寻难觅苦,挑水担柴,无非妙道,青青翠竹皆是法身,郁郁黄花无非般若,"佛性"即在日用常行之中,在行立坐卧之中,刻意回避美色、过分特立独行于世间亦乃人生之执着,如此之举,不过是世人面对难以割舍之爱美心下的自我逃避,而非本自一念初衷之真正放下,揠苗助长,欲速则不达。能够面对美人而坦然如柳下惠之"坐怀不乱",方为真得道者。能够于世间的有限与局促中活出本然率真之态,方为真正的大自在、大逍遥,宁野所谓"必入世者方能出世,不则空趣难持"是也。美人相伴而读佛经,正乃欲避免学佛而流于空疏萧寂、作茧自缚。读《山海经》、《水经》、丛书等杂史笔记,宜置身疏花瘦竹、苍石寒苔的冷香幽韵之境,略显枯淡而不饱满的空间留白予人于有限之时空中做天地间无限之遐思,由"一"而虑及"万物",做思接千古、神游八方之想。读忠贞烈士的传记宜吹笙鼓瑟,如李太白笔下"虎鼓瑟兮鸾回车,仙之人兮列如麻"之境,以此方能扬其高洁芳华之行于千秋后世。读奸佞小人的事迹宜挥剑痛饮,以销古今贤士心中千载之块垒愤恨。读《离骚》宜于空山悲号,叫于荒天枯木之中,只身一人体味"举世皆浊我独清,众人皆醉我独醒"的千古孤独,体味缥缈孤鸿"拣尽寒枝不肯栖,寂寞沙洲冷"的生命落寞。赋讲求铺排、气势,读之如飞流直下三千尺,气贯长虹,因此,读赋时当或是行吟浪边,或是纵身大浪,而偃仰啸歌,想象着自己抟扶摇羊角而上,驭长风而破浪。读诗词时,应当按照诗句、词句内部的节奏而拍案击节,吟出个中的抑扬顿挫、高低起伏。读《搜神记》《幽冥录》一类的神鬼杂录,宜于书房中多燃烛火以划破室内的幽暗寂静,避免因书中所载之

渔翁图

鬼怪精魅引发紧张、恐惧之感。至于读其他类型书目所处之情形,则因书中内容各异,不一而足。

生命中第三件赏心乐事,乃精雅别致、率性快意的日常生活:

> 弄风研露,轻舟飞阁。山雨来,溪云升。美人分香,高士访竹。鸟幽啼,花冷笑。钓徒带烟水相邀,老衲问偈,奚奴弄柔翰。试茗,扫落叶,趺坐,散坐,展古迹,调鹦鹉。乘其兴之所适,无使神情太枯。冯开之太史云:"读书太乐则漫,太苦则滥。"三复斯言,深得我趣。

杜牧有诗句曰:"深秋帘幕千家雨,落日楼台一笛风。"可以想见,杜牧之立于开元寺水阁的楼台之上,日暮雨驻,小楼风来;一缕清风通体而过,如笛中之风,幽微却真切可即,通透爽凉,沁入心脾。清风明月本无价,于风清露白之时,立于楼阁之上,感受着"清风明月不用一钱买"的造化馈赠,对酌东坡"惟江上之清风,与山间之明月,耳得之而为声,目遇之而成色,取之无尽,用之不竭,是造物者之无尽藏也,而吾与子之所共适"千载不刊之论。水光潋滟晴方好,山色空蒙雨亦奇,于山雨来时,观溪云渐涨,听江畔潮生,感细雨拂面,任清风牵衣,个中佳趣,何可胜道哉!又或与美人共赏良辰美景,或与贤士高人踏雪访竹,听林中鸟之幽咽啼鸣,赏泉涧花之冷香幽韵,方知柳如是"桃花得气美人中"、白乐天"间关莺语花底滑"之语诚非虚言,是谓"山水花月直借美人生韵耳"(吴从先《小窗自纪》)。于烟雨空蒙之日,垂钓江上,看江天一色,天水相连;与老僧坐论禅机,品茗味道;或叠腿,或散坐,取一个合适的姿势,逐一玩赏收藏的古董旧物,累了,便于屋中随便走走,翻翻闲书,逗逗鹦鹉。凡此诸种,皆乃生命中快意之乐事。总之,随兴而至,任情而动,兴起则来,兴尽则返,善待自己,笑对人生,不必为了生命中的必须担负的责任、难以化解的困窘而使自己神色枯槁、生命寂寥。让生命因雅致的生活而变得充实、安乐,让书籍成为能够与之围炉夜话、促膝长谈、化解生命困塞的良友,而非纸上谈兵的张狂散漫或是十年寒窗苦读的精神负担。

明文

其四,则为懂得读书的调和互补之道,将读书的过程演化而为愉悦自适的人生体验。吴从先说,读精彩的短册,会因其篇幅短小而使阅读过程中的快乐过早终结而抱憾,陈与义所谓"书当快意读易尽,客有可人期不来。世事相违每如此,好怀百岁几回开"是也;读长篇累卷,则苦于冗长繁复而耗时良多;读古人不平则鸣的发愤之作则容易怒发冲冠而失之平和；读慷慨激昂之词则容易因感同身受而快意忘形、不知所以；读虚无缥缈的空论则随之而心生诡异谲诞；读酸腐文人的言论则熏染迂腐拘束之习而丧失了宝贵的想象力；读与自己意见相左者的著述又期望凭一己之学识才力改变他人的想法以与己合；读残篇逸卷则一心期待为之查漏补阙；读语焉不详之文又欲尽力为之厘清思路；读侧重理论、玄想之作，非有甘耐寂寞之心境与长于思辨之才识，则望而生畏；读构思巧妙、文采华美之文，若非有过人之审美、鉴赏力，则只能将其作为华靡不实之作而束之高阁。因此，每览一册书，必当结合与之风格相异的书籍，参半而读。如读正史，则须佐之以笔记小说、诗话小品，方不至流于枯寂烦闷；读理论著作，则须间以诗词、传记等抒写性情之作，方不至内心之僵死冷漠而性灵尽失。如此相互调和，多读书而不至莽然、多作诗而不至戚然，不落两端而居其中和之道，方是读书所获之真自在、大快乐。

人生之赏心乐事者五，乃读书时有青萝隐映、曲径通幽之环境：

> 斋欲深，槛欲曲，树欲疏，萝薜欲青垂。几席栏干窗窦欲净澈如秋水，榻上欲有烟云气，墨池笔床欲时泛花香。读书得此护持，万卷尽生欢喜。嫏嬛仙洞，不足羡矣。

曲槛深斋，疏树青萝，烟云氤氲，花香缭绕。居如此世外桃源，而读万卷欢喜之书，虽神仙居所，与之相较，亦相形见绌矣。曲槛深斋，贵有禅意；疏树青萝，贵有画意；烟云氤氲，贵有隐意；花香缭绕，贵有诗意。四相结合，自是居处之佳境，而又有书在手，读之医俗遣怀，诚乃人生快意逍遥之事。然结庐世间，曲槛深斋、疏树青萝、烟云氤氲、花香缭绕之境实在难觅难求，即便跋山涉水，一

明文

· 079 ·

文伯仁《秋山游览图》（局部）

朝偶逢，但非杰特拔卓之风流名士，又无能兼备禅意、画意、隐意、诗意四趣；即便兼备禅意、画意、隐意、诗意四趣，却又不识书中活趣而耽于枯寂、死于章句之下者，亦不能领略"万卷尽生欢喜"之生趣。以宋人道学作人品、**魏晋风度**作才情，又能遇采菊东篱、悠然南山之世外桃源，方可成就"人文天文相映，拥书厚福所能"之生命境界。

雪满山中高士卧，月明林下美人来——此等快意人生，吾辈虽不能至，然心向往之。即便只是于吴宁野的萧疏淡笔中领其大略，岂非生命中一赏心乐事哉！

明
文

不随天艳争春色，独守孤贞待岁寒

——唐顺之《任光禄竹溪记》

王子猷尝行过吴中，见一士大夫家极有好竹，主已知子猷当往，乃洒扫施设，在听事坐相待。王肩舆径造竹下，讽咏良久，主已失望，犹冀还当通。遂直欲出门。主人大不堪，便令左右闭门，不听出。王更以此赏主人，乃留坐，尽欢而去。

子猷可谓世之爱竹者，其尝暂寄人空宅住，便令种竹。或问："暂住何烦尔？"王啸咏良久，直指竹曰："何可一日无此君？""竹"之称"此君"者，盖由此得名。如若追问"竹"在中国文化中的起点，怕是要溯源至《诗经》中了。《诗经·斯干》篇即有"如竹苞矣，如松茂矣"之句，以"竹"之多节喻指人类多子多孙，个中寄予着古人对"人生代代无穷已"的淳朴心愿。然而，历代文人对"竹"的吟咏，更多集中在其"虚心自励""坚贞自持""中通外直""不蔓不枝"的高洁品行之上，以"竹"自勉，借"竹"喻人。高雅之士爱竹、赏竹、不可一日无竹，甚至以嗜竹之癖作为与庸俗之辈的区别。正缘乎此，历代有关文人与"竹"的逸事，亦层出不穷。

明 文

东晋王子猷（王徽之）"何可一日无此君"之"竹癖"自不必多言，即便纵情率意的"竹林七贤"，亦心慕"竹"之宁静高远，将集会之地选在"竹林"。《世说新语》载"陈留阮籍、谯国嵇康、河内山涛三人年皆相比，康年少亚

翠竹

之。预此契者,沛国刘伶、陈留阮咸、河内向秀、琅琊王戎。七人常集于竹林之下,肆意酣畅,故世谓'竹林七贤'";而东坡"可使食无肉,不可居无竹。无肉令人瘦,无竹令人俗。人瘦尚可肥,士俗不可医。傍人笑此言,似高还似痴。若对此君仍大嚼,世间那有扬州鹤"(《于潜僧绿筠轩》)之语,则于嬉笑戏谑之间道出"竹"之于"士品""士格""士情""士志"潜移默化的熏陶。"扬州八怪"之一的郑板桥爱竹、画竹,自言"板桥专画兰、竹,五十余年,不画他物",更于"石竹图"中题诗曰"咬定青山不放松,立根原在破岩中。千磨万击还坚劲,任尔东西南北风"。乾隆七年,郑板桥由山东范县调任潍县县令。下车伊始,正逢山东大饥,父子相食;郑板桥不顾掣肘势力,毅然决然开仓赈粮,又广招百姓入役,修城凿池,使数百口难民得以凭借工钱维持生计。郑氏果敢之举,自然得罪朝中小人,板桥亦知难逃此祸,遂生归田隐居之念,并赋诗明志曰:"乌纱掷去不为官,囊橐萧萧两袖寒。写取一枝清瘦竹,秋江风上作鱼竿","清瘦之竹"正乃自我"囊橐萧萧两袖寒"的生命写照。任官十载,板桥只求俯仰之间,无愧天地苍生,自此而外,别无他求。或许,"能令汉家重九鼎,烟波江上一丝风"的洒然自适,方乃板桥心向往之的生命境界。

明文

有关竹子,尚有一个凄美的传说。舜践帝位三十九年,南巡狩,崩于苍梧之野。其二妃娥皇、女英溯潇水而寻之,不获,遂哭死湘水间,泪洒竹上而成"斑竹"。《博物志》言:"舜崩,二妃啼,以涕挥竹,竹尽斑。"刘向《列女传》之录载更为详尽:"帝尧之二女,长曰娥皇,次曰女英,尧以妻舜于妫汭。舜既为天子,娥皇为后,女英为妃。舜死于苍梧,二妃死于江湘之间,俗谓之湘君。"《湘中记》又曰:"舜二妃死为湘水神,故曰湘妃。"因此,《红楼梦》中宝玉被

黛玉葬花

打，黛玉作诗题帕，遂自比湘妃道："彩线难收面上珠，湘江旧迹已模糊。窗前亦有千竿竹，不识香痕渍也无？"如娇羞牡丹，半含半吐；犹初妆仕女，欲说还休；于"犹抱琵琶半遮面，半掩湘帘半掩门"的微隐微藏之间，以娥皇女英之典幽曲隐微地传达出内心对与宝玉共结连理之渴慕。当众人欲于秋爽斋结海棠社时，探春更道："当日娥皇、女英洒泪在竹上成斑，故今斑竹又名湘妃竹。如今她住的是潇湘馆，她又爱哭，将来她想林姐夫，那些竹子也是要变成斑竹的。以后都叫她作潇湘妃子就完了。"于是，林黛玉便以"潇湘妃子"为雅号。"竹"之柔情凄恻、楚楚动人，生发了后世关于红颜薄命、从一而终、相思无尽、相见无期等诸多美好却抱憾终生的想象。

　　唐顺之（1507—1560年），字应德，一字义修，号荆川，武进（今属江苏常州）人，世称"荆川先生"。明代文学唐宋派代表人物，嘉靖八才子之一，与王慎中、归有光合称"嘉靖三大家"。嘉靖八年（1529年），唐顺之会试第一，授庶吉士，调兵部主事。是时，倭寇屡犯沿海一带，唐顺之以兵部郎中督师浙江，曾亲率兵船于崇明破倭寇于海上。嘉靖十二年（1533年），唐顺之任翰林院编修，校累朝实录。后罢官入阳羡（今江苏宜兴）山中，读书十余载。复值倭寇横行，应德以职方郎中视师浙江，亲自挂帅，屡败倭寇之师。后擢右金都御史，巡抚凤阳。嘉靖三十九年（1560年），乘船渡焦山，于前往通州（今江苏南通）的海船上病逝。有《荆川先生文集》传世。唐顺之舅父任君光禄，亦性情高古、偃蹇孤特之辈，一生颇以"竹"为爱，治园于荆溪之上，遍植以竹，不植他木。竹间作一小楼，暇则与客吟啸其中，自谓"竹溪主人"，并请应德甥为其执笔记之。故唐顺之作《任光禄竹溪记》一篇以予之。其文首曰：

明
文

苏州拙政园

余尝游于京师侯家富人之园，见其所蓄，自绝徼海外奇花石无所不致，而所不能致者唯竹。吾江南人斩竹而薪之，其为园，亦必购求海外奇花石，或千钱买一石、百钱买一花，不自惜。然有竹据其间，或芟而去焉，曰："毋以是占我花石地！"而京师人苟可致一竹，辄不惜数千钱；然才遇霜雪，又槁以死。以其难致而又多槁死，则人益贵之。而江南人甚或笑之曰："京师人乃宝吾之所薪！"

京师之高门大户，皆以于亭园之中尽展奇花异石为耀，为此，此辈不惜耗费巨资，尽搜天下珍宝，据之园中，颇有王恺炫富、石崇斗奢之意。然或缘南北水土相异之故，唯修竹难获难养。方费尽周折、耗资千钱而致一竹，然乍遇霜雪，竹便顷刻间枯槁以死。"竹"产于江南，漫山遍野，望之无边，江南人视之若地上沙石般稀松平常。物以稀为贵，因此，在江南人对园林的评价标准中，"众若野草""杂芜丛生"之"竹"便成了治园首当其冲被"芟而去焉"之物。他们万不曾想，远在京城的北人正一掷千金，以市自己弃如敝屣之物！初闻此举，确乎令人愕然，或许，尚有随之而来的对"蜀犬吠日"的嗤之以鼻。然而，事情果真如此简单吗？

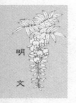

呜呼！奇花石诚为京师与江南人所贵，然穷其所生之地，则绝徼海外之人视之，吾意其亦无以甚异于竹之在江以南。而绝徼海外，或素不产竹之地，然使其人一旦见竹，吾意其必又有甚于京师人之宝之者。是将不胜笑也。语云："人去乡则益贱，物去乡则益贵。"以此言之，世之好丑，亦何常之有乎！

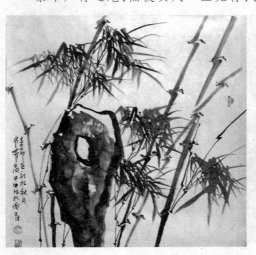

竹子

奇花异石诚为京师与江南人所珍爱，然在其产地之人看来，此花此石不过如江南人视"竹"般等闲无二；而彼荒郊域外素不产竹之地，其人一旦见竹，必又视若珍宝而甚于京师之人。所谓"人去乡则益贱，物去乡则益贵"，盖言乎此理。以此言之，评判世间之物美丑好坏的标准，又如何有定法可循！——庸碌常人与思想者之间的差别在于，沉沦中的"常人"永远将现象与背后的问题轻而易举地置于"两可"之间，在轻描淡写的"闲谈"中得过且过，从不追问现象的背后，究竟蛰伏着何种个体生命的生存困境，更遑论试图解决；而思想者则总是在不断的追问中反思生活的暗处，探究存在的意义，彰显生命的价值。

但唐顺之为此文之主要目的并不在于以一个思想家的身份昭明一个于日常生活之中为常人所忽视的道理，他显然另有打算。当然，唐顺之为此文乃缘于其舅父任光禄"治园于荆溪之上，遍植以竹，不植他木。竹间作一小楼，暇则与客吟啸其中，自谓'竹溪主人'"之举与"吾不能与有力者争池亭花石之胜，独此取诸土之所有，可以不劳力而蓊然满园，亦足适也。因自谓竹溪主人。甥其为我记之"的一番言论，但亦非全然以此为旨归。在对比京师人"益贵其竹"与江南人"芟而去焉"如此天壤之别的态度与自"绝徼海外之人"之于竹"有甚于京师人之宝之者"而悟"世之好丑，亦何常之有"之理的一番大肆铺排之后，唐顺之说道：

> 　　余以谓君岂真不能与有力者争，而漫然取诸其土之所有者；无乃独有所深好于竹，而不欲以告人欤？昔人论竹，以为绝无声色臭味可好。故其巧怪不如石，其妖艳绰约不如花，子子然有似乎偃蹇孤特之士，不可以谐于俗。是以自古以来，知好竹者绝少。且彼京师人亦岂能知而贵之，不过欲以此斗富，与奇花石等耳。故京师人之贵竹，与江南人之不贵竹，其为不知竹一也。君生长于纷华，而能不溺乎其中，裘马、僮奴、歌舞，凡诸富人所酣嗜，一切斥去。尤挺挺不妄与人交，凛然有偃蹇孤特之气，此其于竹必有自得焉。而举凡万物，可喜可玩，固有不能间也欤？然则虽使竹非其土之所有，君犹将极其力以致之，而后快乎其心。君之力虽使能尽致奇花石，而其好固有不存也。
> 　　嗟乎！竹固可以不出江南而取贵也哉！吾重有所感矣！

显而易见，在这里，唐顺之采取传统意义上"由物及人""以小见大"的书写方式，由"竹"之"巧怪不如石，妖艳绰约不如花"而想及"士"之"子子然偃蹇孤特，不可以谐于俗"。而文中刻意强调任君"不能与有力者争池亭花石之胜"之语，又紧随其后，申明一己"君岂真不能与有力者争，而漫然取诸其土之所有者；无乃独有所深好于竹，而不欲以告人""自古以来，知好竹者绝少。且彼京师人亦岂能知而贵之，不过欲以此斗富，与奇花石等耳"之看法，如此种种，皆意在刻画任君"偃蹇孤特""高标自持"之逸士形象。于是，任君便在"长于纷华"与"不溺乎其中，裘马、僮奴、歌舞，凡诸富人所酣嗜，一切斥去。尤挺挺不妄与人交，凛然有偃蹇孤特之气"的两相对照之中，成为唐顺之笔下如五柳先生般"结庐在人境，而无车马喧。问君何能尔，心远地自偏。采菊东篱下，悠然见南山"的"竹溪隐士"。文末，唐顺之"重有所感"曰："竹固可以不出江南而取贵也哉！"

　　然而，"竹"之所以"可不出江南而取贵"，一则当具"千里马"之潜质，二则当有懂得欣赏之伯乐。但自然造化之花鸟鱼虫，各适其所是。子非鱼，又安知鱼之哀乐？缘何是爱竹之辈而非其不爱之流？缘何"菊"即"花之隐逸者"、"牡丹"即"花之富贵者"、"莲"即"花之君子者也"？缘何"牡丹之爱"者，即被目之为追求富贵的鄙俗之流，而"菊、莲之爱"者，却自然而然被世人目作隐逸高洁之士？即便若是，追求富贵亦人之常情，只是君子爱财，取之以道。孔子尚言"富与贵，是人之所欲也；不以其道得之，不处也。贫与贱，是人之所恶也；不以其道得之，不去也"（《论语·里仁》）；"富而可求也，虽执鞭之士，吾亦为之"（《论语·述而》）。横渠先生《西铭》亦曰："富贵福泽，将厚吾生也；贫贱忧戚，庸玉汝于成也。"故所谓"君子"与"小人"、"高洁"与"鄙下"之别，并不全然在于是否"谋利"，而在于是否将"利"看重为生命唯一的意义所在，并为"谋利"而不择手段。君子薄"利"而重"义"，小人反是，唯利是图，见利忘义。富贵福泽、贫贱忧戚均为个体自我成就之机。处富贵而能敝屣富贵，尽君子之责，方显君子之本色。如此言之，彼"牡丹之爱"者，若爱财而取之有道，不义之财而分毫莫取，似亦无可厚非。那么，究竟评判之标准在何？以一己之所好，而强断外物之

荷花图

"贵贱雅俗",无乃失之武断乎？若言一己之所好乃置身其中，并不断为之潜移默化的千古传统使然，那么，"传统"又因何而可能？缘何会积淀出如此之"传统"？此"传统"又缘何会为历史中人欣然抑或被迫地接受？被"接纳"与"认可"了的"传统"又何以延续与书写其自身？为何个体置身"传统"而外，就会被目之为"非常"之"另类"，而面对千万人鄙夷、嘲讽甚至大肆挞伐的目光？解构主义者说，"历史"与"传统"是被权力构建与书写出来的，这种权力既包括执掌暴力机器的统治集团，亦包括执掌话语权的书写者；没有一部所

莲花图

谓"真实"的"历史"，更没有一套一成不变、要终生以奉之的"传统"。一切"历史"与"传统"，不过是一个不断被加工着的"文本"，上面印满了大写的"他"。诚然，"传统"确乎源于权力操控之下笔墨书写、口耳相传间有意或无意的历史性建构；但在世个体总需要一部"历史"、一套"传统"来定义与理解自我当下的存在，唯其面对与参照"历史"，个体方有触摸、把捉与筹划自我之当下与未来的可能。没有"历史"，仿若没有祖先；没有"传统"，仿若没有尊严。因此，世人明知"历史"本不可还原，却仍有着"还原"或曰"贴近""历史"的冲动。在如此"走近"的过程之中，理解"历史"的同时，也即理解着生活于当下的自我与世界。或许，千百年来，世人置身其中的"传统"已然古旧而不合时宜，但每一次的"打破"，都面临着又一次的"更新"，每一次的"解构"，总与再一次的"重建"并行。否则，个体存在世间，将无根无着，如迷途者般奔突，绝望者般挣扎，垂死者般孤注一掷。而人类文明的可贵之处，正存在于"解构"后的点滴"重建"之中。

明文

绿满窗前草不除，瑶琴一曲来薰风

——桑悦《独坐轩记》

古代文人雅士常以书斋为一己之"壶中天地"，坐拥书城，时有怀抱天下、万事富足之感。而为一己之书屋命名，或是自撰楹联于书屋之上，亦被视为如曲水流觞、吟诗弄琴般闲雅快意之事。或为自我勉励，以日就月将之成自期；或乃托物言志，以书屋之名寄托自我之情操怀抱。陆游以"书巢"名书屋，"巢"者，穴也，居也，安顿身心之归所也。故"书巢"乃取藏书丰赡、以书安身立命之义。晚年又名之曰"老学庵"，以"学无止境""学海无涯"自警自励。而"务观"之字，亦见放翁"发奋识遍天下字，立志读尽人间书"之远志高情。放翁常自言道："读书有味身忘老，病经书卷作良医。"因而，"书巢"两侧所悬楹联曰："万卷古今消永日，一窗春晓送流年。"发愤读书，乐以忘忧，不知老之将至矣。黄庭坚自撰"诗罢春风荣草木，书成快剑斩蛟龙"之楹联悬于书斋之上，以诗人之妙笔回春、书法家之笔力千钧自勉。明代学者张溥，自幼嗜书，凡所读之书必亲手抄写，诵读数过而付诸一炬；复抄写，诵读，烧尽……如此反复六七次，直至自觉将书中内容烂熟于心，方才罢手。故张溥名其书斋曰"七录斋"。清代诗人舒位著作等身，成就颇丰，然却以自己所

明文

·088·

课书图

知所识不过沧海之一粟，万象之一株，以此，将自己的书斋命名为"瓶水斋"。徐渭诚不愧丹青画手之誉，其书斋对联诗中有画，画中有诗："雨醒诗梦来蕉叶，风载书声出藕花"，融听觉、视觉、嗅觉于一体，雨声之清泠朗润、读书声之顿挫抑扬、蕉叶之浓绿满眼、藕花之红粉娇嫩、花香之幽淡窅远、微风之温润和畅、诗境之空灵飘忽，如历其境，如临其耳，如现睫前。"扬州八怪"之一的郑燮，不仅以笔下之兰、竹彰显自我品性之孤傲高洁，其书屋之楹联亦别具一格："富于笔墨穷于命，老在须眉壮在心。""富""穷"相衬，"老""壮"互彰，道出怀才不遇、命途多舛的同时，亦标明一己老骥伏枥、志在千里之壮志远怀。"书似青山常乱叠，灯如红豆最相思"，以"乱叠如山"之书籍与"孤燃如豆"之灯苗两相对照，不仅取意新颖，对仗工整，一动一静、一外一内、一大一小、一众一孤之间亦颇富层次感。而于夜阑人静之际，闲坐书山之中，独对灯苗，内心安宁富足之乐，实非常人所能想见，亦只有风流才子纪晓岚，方道得如此之语。

明代桑悦任西昌校官之时，于学圃中筑一轩为书屋，名之曰"独坐轩"，乃缘其"大如斗，仅容台椅各一，台仅可置经史数卷。宾至无可升降，弗肃以入"而有此称。每逢训课之暇，桑悦辄憩息其中，"上求尧舜、禹汤、文武、周公、孔子之道，次窥关闽濂洛数君子之心，又次则咀嚼《左传》、荀卿、班固、司马迁、扬雄、刘向、韩、柳、欧、苏、曾、王之文，更暇则取秦汉以下古人行事之迹，少加褒贬，以定万世之是非"。

尧，姓伊祁，名放勋，因封于唐，故史称"唐尧"。尧于十八岁

闲看儿童捉柳花

明
文

时，代挚为天子，都于蒲阪。命羲、和敬顺昊天，测定历法，制定四时成岁，授民以农耕时令。"其仁如天，其知如神。就之如日，望之如云。富而不骄，贵而不舒。黄收纯衣，彤车乘白马。能明驯德，以亲九族。九族既睦，便章百姓。百姓昭明，合和万国。"（司马迁《史记》）舜因其双目皆乃双瞳，故名"重华"，生于姚墟，故以"姚"为姓。其母"感枢星之精而生之"。舜家世寒微，自从元祖穷蝉以至帝舜，"皆微为庶人"。父亲瞽叟双目失明，生母早亡，父亲续弦，继母生弟名"象"。史书载，舜之"父顽、母嚚、象傲"，"瞽叟爱后妻子，常欲杀舜，舜避逃；及有小过，则受罪"。然而，舜"顺事父及后母与弟，日以笃谨，匪有解"。年二十以孝闻。三十而帝尧问可用者，四岳咸荐虞舜，曰可。尧遂将二女嫁与舜为妻。年五十摄行天子事，年五十八尧崩，年六十一代尧践帝位。定都蒲阪（今山西永济），国号"有虞"，世称"有虞氏帝舜"。"舜耕历山，历山之人皆让畔；渔雷泽，雷泽上人皆让居"，故"一年而所居成聚，二年成邑，三年成都"。又"象以典刑，流宥五刑"，四海之内咸戴帝舜之功，天下明德皆自虞帝而始。舜践帝位三十九年，南巡狩，崩于苍梧之野。葬于江南九嶷，是为零陵。子曰："舜其大知也与！舜好问而好察迩言，隐恶而扬善，执其两端，用其中于民。其斯以为舜乎！"（《中庸》）禹，姒姓，名文命，字高密，号禹，后世尊称之为"大禹"。黄帝之四世孙、颛顼之孙，夏后氏首领。父亲名"鲧"，母亲为有莘氏女修己。帝尧之时，洪水滔天。尧求能治水者，群臣四岳皆曰鲧可。尧听四岳，用鲧治水。九年而水不息，功用不成。舜即位，行视鲧之治水无状，乃诛鲧于羽山。复举鲧子禹，而使续鲧之业。禹为人敏给克勤，其德不违，其仁可亲，其言可信；声为律，身为度，称以

大禹治水

出;亹亹穆穆,为纲为纪。为治水而劳身焦思,居外十三年,三过家门而不入。禹采用"水性就下,导之入海。高处凿通,低处疏导"的治水方法,耗时十三载,终于使九州攸同,九川涤原,九泽既陂,四海会同。帝舜荐禹于天,为嗣。十七年而帝舜崩。三年丧毕,禹辞辟舜之子商均于阳城,天下诸侯皆去商均而朝禹。禹遂即天子之位,南面朝天下,国号曰"夏后"。汤,姓子,原名履,又称武汤、成汤,河南商丘人。据传汤乃帝喾后代契之十四代孙,商部落首领。汤德高望重,四方来降,桀担心汤势强凌主,遂囚汤于夏台之上。商族以重金奉桀,并贿赂其身边亲信,汤方得归商。汤仁爱百姓,治邦有方,并在右相伊尹的辅佐下,威望大增,实力日强。当是时,夏桀为虐政淫荒,而诸侯昆吾氏为乱,民不聊生,道路以目。汤顺天应人,选良车七十乘,壮士六千人,兴师率诸侯,以伐昆吾、夏桀。因言"吾甚武",故自号"武王"。鸣条(今河南商丘西)之役,夏师败绩,汤灭夏而建商,改正朔,易服色,在位十三载,病亡,庙号"太祖"。周文王姓姬名昌,生于西岐(今宝鸡市岐山县)。季历之子,西周奠基者。承父西伯之位,又称"西伯昌"。建国于岐山之下,积善累德,政化大行。因遭崇侯虎谗言,为纣王囚于羑里,于狱中"演易之六十四卦,各为象"。后为闳夭等人营救,得释归。出狱后,遇姜尚垂钓于渭水之滨,以为贤者。故西伯昌斋戒三日,沐浴更衣,以厚礼亲往聘子牙为谋臣。益行仁政,天下诸侯多归从。在位五十载,其子武王姬发灭商汤、建西周而有天下,追尊其父为"文王"。文王第四子、武王之胞弟周公姬旦(亦称"叔旦"),愿以身代兄赴死,并决意不受君主之位,全力辅佐武王之子成王。平定三监,大行封建,制礼作乐,敬德保民。周公致政三载而后,患病而终,葬于文王之墓地。"关闽濂洛",意指宋代理学的主要学派,其代表人物为关中张载,闽中朱熹,濂溪周敦颐,洛阳程颢、程颐。张载毕生践行民胞物与、一体之仁的生命信念,以"天地

白鹿洞书院

朱熹(1130—1200)

明文

之塞"为"吾其体","天地之帅"为"吾其性";"富贵福泽,将厚吾之生也;贫贱忧戚,庸玉汝于成也。存,吾顺事;没,吾宁也"。其所言之"横渠四句"——"为天地立心,为生民立命,为往圣继绝学,为万世开太平",成为后世儒者立身行事的凭依与归旨。南宋朱熹被后世尊称为"朱子",是为宋代理学之集大成者。曾建"白鹿洞书院",讲学其间,并提出名垂后世的"白鹿洞书院揭示"("白鹿洞书院学规"):"父子有亲、君臣有义、夫妇有别、长幼有序、朋友有信"的"五教之目","博学之,审问之,谨思之,明辨之,笃行之"的"为学之序","言忠信,行笃敬,惩忿窒欲,迁善改过"的"修身之要","政权其义不谋其利,明其道不计其功"的"处事之要","己所不欲,勿施于人,行有不得,反求诸己"的"接物之要"。王阳明曾言此学规曰:"夫为学之方,白鹿之规尽矣。"(《阳明全书·紫阳书院集序》)周敦颐字茂叔,号濂溪,被后世奉为理学学派之开山鼻祖。周濂溪提出,"无极而太极"——"太极"一动一静,化生阴阳万物;"圣人与天地合其德"——"万物生而变化无穷焉,惟人也得其秀而最灵";"立天之道曰阴与阳,立地之道曰柔与刚,立人之道曰仁与义";"天以阳生万物,以阴成万物。生,仁也;成,义也。故圣人在上,以仁育万物,以义正万民"。圣人仿"太极"而立"人极"。"人极"即"诚","诚"是"纯粹至善",是"五常之本,百行之源"。《宋史·道学传》言:"两汉而下,儒学几至大坏。千有余载,至宋中叶,周敦颐出于舂陵,乃得圣贤不传之学,作《太极图说》《通书》,推明阴阳五行之理,明于天而性于人者,了若指掌。"黄宗羲于《宋儒学案》中更言:"孔子而后,汉儒止有传经之学,性道微言之绝久矣。元公崛起,二程嗣之……若论阐发心性义理之精微,端数元公之破暗也。"程颢、程颐兄弟并称"二程",北宋重要的理学家、教育家。程颢字伯淳,世称"明道先生";程颐字正叔,世称"伊川先生"。二程以为"万物皆只是一个天理""万事皆出于理""有理则有气",并针对成圣之道提出一系列修养功夫。明道之功夫论,甚重"仁"字:"学者须先识仁。仁者,浑然与物同体。义、礼、智、信,皆仁也";而伊川之功夫论则归结为一个"敬"字:"涵养须用敬,进学则在致知"。程颢认为万物本属一体,"道在己,不是

与己各为一物,可跳身而入者也",
生命之最高境界即"发明本心",由
之而达与万物一体之境便自然水到
渠成,故更多强调内心静养,少言格
物致知。其后之陆九渊、王阳明,大
致沿程颢理路,演化而为"心学"。
程颐则主张推求物理,注重格物致
知、下学上达之功夫,强调自外而内
的循序渐进。朱熹遂沿程颐理路,
发展而为纯粹的"理学"。《左传》原
名《左氏春秋》,汉代改称《春秋左氏
传》,简称《左传》。《左传》是古代第
一部叙事完整的编年史,儒家"十三
经"之一,与《春秋公羊传》《春秋谷

周敦颐(1017—1073)

梁传》合称"春秋三传"。相传《左传》为春秋末期鲁国史官左丘明为解释孔子
《春秋》之微言大义而撰,记事起自鲁隐公元年(前722年),迄于鲁悼公十四年
(前453年),以《春秋》为本,借史实以明《春秋》纲目,具有较高的历史与文学价
值。"韩、柳、欧、苏、曾、王"则指为后世誉为"唐宋古文八大家"的韩愈、柳宗元、
欧阳修、"三苏"(苏洵、苏轼、苏辙)、曾巩、王安石等八人。

　　在独坐轩中,桑悦每逢授课之余,便上下求索,上求备圣人之德,其次致君
子之心,最后达学者之文,潜心研读上古及中世以降之重要著作,褒贬损益,以
求自其中而悟万世是非善恶之道。优哉游哉,以永终日。轩前有半亩方塘,塘
内种之以芰荷,外围则遍植松、桧、竹、柏。

　　读书之人生发记述书斋之想,读书之乐自为个中难解难分之因由。宋末遗
民翁森(字秀卿,号一飘)曾作劝学诗《四时读书乐》,分"春、夏、秋、冬"四章,每
章一诗,每首诗歌尾联曰"读书之乐乐何如?绿满窗前草不除""读书之乐乐无
穷,瑶琴一曲来薰风""读书之乐乐陶陶,起弄明月霜天高""读书之乐何处寻?
数点梅花天地心",以"绿满窗前草不除"之圆融自适、活泼洒然,"瑶琴一曲来薰
风"之两心相契、如沐春风,"起弄明月霜天高"之手之舞之、足之蹈之,"数点梅
花天地心"之个体生命境界的提升喻指读书之其乐无限,受益无穷。读书之乐
自会引发读者对书本身的珍视,爱屋及乌,由对书之珍爱,而生对藏书之所的钟

明
文

· 093 ·

恽寿平《春山暖翠图》(局部)

爱，亦在情理之中。于此而外，或许还基于一个读书人内心最原始、最淳朴的想法：书斋不仅是文人生命中最重要而私密的空间，更是伴其骋怀千里、神游八方的忠诚友人，是其远避凡俗、休憩心灵之所。非志同道合之辈，亦难登其门。刘禹锡读书于陋室敝屋之中，然"山不在高，有仙则名。水不在深，有龙则灵。斯是陋室，惟吾德馨"，修养君子之德而使陋室蓬荜生辉，鸿儒云集，则此"陋室"堪比南阳诸葛之庐，西蜀子云之亭。王禹偁为官清廉，却屡遭贬谪，然内心之平和自适持之不改，见"黄冈之地多竹"，便因地制宜，取如椽大者而破之，刳去其节，用代陶瓦，"作小楼二间，与月波楼通"，独立于竹楼之上，举目四望，"远吞山光，平挹江濑，幽阒辽夐，不可具状。夏宜急雨，有瀑布声；冬宜密雪，有碎玉声；宜鼓琴，琴调和畅；宜咏诗，诗韵清绝；宜围棋，子声丁丁然；宜投壶，矢声铮铮然。皆竹楼之所助也。公退之暇，披鹤氅，戴华阳巾，手执《周易》一卷，焚香默坐，消遣世虑。江山之外，第见风帆、沙鸟、烟云、竹树而已。待其酒力醒，茶烟歇，送夕阳，迎素月，亦谪居之胜概也"，此语所传达之个体于随意洒脱之中，摆脱"小我""私我"之负累，以开阔之胸襟、和平之气象"静观万物"之和乐安然与"明道不除窗前草，欲观其意思与自家一般。又养小鱼，欲观其自得意，皆是于活处看"之举可谓桴鼓相应。归有光回忆儿时种种，最能够凝聚与承载昔日亲情之物便属今已陈迹斑驳的书屋"项脊轩"，"瞻顾遗迹，如在昨日，令人长号不自禁"。于是，便有了流芳后世的《陋室铭》《黄州新建小竹楼记》与《项脊轩志》。自然，桑悦之作《独坐轩记》，亦有其动因。明宪宗成化年间（1465—1487年），桑悦两次参加会试，均因"答策语不雅驯"名落孙山；第三次千辛万苦中了副榜，然而，让桑悦始料未及的是，在上报年龄时，负责誊写的官员误将"二十六岁"认作"六十六岁"，书于奏章之上，呈报皇帝。既然"廉颇老矣"，便不复重用，被随意发配至西昌任一闲职——校官，亦即"训导"。人生未及而立之年，便已被判处"死刑"；生命未及绽开，便一如着霜秋草般枯萎凋零。由是，桑悦下车伊始而为《独坐轩记》，便自有其用心所在。

"大如斗，仅容台椅各一，台仅可置经史数卷。宾至无可升降，弗肃以入"的"独坐轩"，既合桑悦偃蹇孤特之性情，亦乃囊中窘迫、生活拮据而不得不然。但桑悦"坐是轩，尘坌不入，胸次日拓，又若左临太行，右挟东海，而荫万间之广厦也"。——纤尘微隙丝毫不入于胸，每日临东海而背太行，山高水长，光风霁月，胸次开阔而磊落，境界高古而雄浑。"且坐惟酬酢千古，遇圣人则为弟子之位，若亲闻训诲；遇贤人则为交游之位，若亲接膝而语；遇乱臣贼子则为士师之位，若亲降诛罚于前。"——只要坐于桌前，手持书卷，便仿若置身千古历史语境之中，纷然场景，皆历历在目。如若与书中遇圣人言事，便虚位以待，自己坐到弟子当坐之处，以虚心聆听圣人之诲；逢贤者迎面，自己便坐到交游之位，与之促膝长谈；值乱臣贼子，便坐于人师之位，亲主刑法，以正视听。"坐无常位，接无常人，日觉纷挐纠错，坐安得独？虽然，予之所纷絮纠错者，皆世之寂寞者也。而天壤之间，坐予者寥寥，不谓之独，亦莫予同。作《独坐轩记》。"——正是天地间"孤独"之辈，方乃一己"同声相应、同气相求"的同道中人，亦方可与之奏高山流水，作伯牙子期之交。于是，为一己"独处"之乐，也为天地间如许"孤独者"之同乐，桑氏遂作《独坐轩记》。

桑悦是"孤独者"吗？当然，否则，又如何会有"大如斗，仅容台椅各一"之"独坐轩"。然而，桑悦真的"孤独"吗？未必——最浅显的一层是，"孤独者"并不"孤独"，"天壤之间，坐予者寥寥"的"孤独"之辈，又何止桑悦一人？即便所处之时，乃"天下熙熙，皆为利来；天下攘攘，皆为利往"之世，然自古如屈原、孔丘、颜回、司马迁、严子陵辈甘于淡泊，耐得寂寞，陋巷孤室，箪食瓢饮而不改其乐之

"孤独者"，又岂非桑悦之异代知音？更深一层则在于，"孤独者"有"孤独者"独享的快乐。众人之乐，"孤独者"虽未必认可，但诚可化独为众、化异为常而享之；然"孤独者"之乐，众人却实难染指其中，尝脔测味。

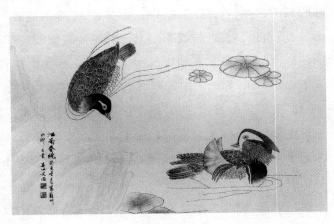

江南春晓

独钓寒江雪

桑悦懂得品味"独"之乐,此"乐"乃"世之寂寞者"所独享之大快乐。"独"是一种承担,是个体于逆境之中蓄势待发、待时而动的自我砥砺。柳宗元《江雪》诗曰:"千山鸟飞绝,万径人踪灭。孤舟蓑笠翁,独钓寒江雪",披蓑戴笠之渔翁,于天地茫茫、万物凋寂之严冬,驾扁舟一叶,于江边独钓江雪。"千山万径白雪"与"孤舟渔翁独钓",一大一小,一众一孤;"山寂径荒人踪灭"与"蓑翁独钓寒江雪",一远一近,一静一动。在"大与小""众与孤""远与近""静与动"两相对照所形成的张力之中,蕴藏着巨大的冲决。苍莽天地之间,独此一人,独此一钓,孤独却不落寞,沉静但不沉沦,"独"于江雪之"寒"之"厚"之"广"之"纯"中积蓄能量,自我磨炼,砺己以待时。是时,柳子厚被贬永州,其笔下渔翁之厚积薄发,正乃一己深藏厚储,待他日时机成熟而鹤鸣九皋、飞龙在天,以一己士大夫之心担天下众生之忧的写照。姜子牙独钓江边,其用心亦然。执守"所南心史"的郑思肖;"世颇多捷径,而独株守于陵"的张岱;至死未肯哺糟啜醨、逐浪随波,茕茕独守,于举世混浊、众人皆醉之世做一自清者、独醒者的屈原,皆乃于"独"中自彰其志,艰难承担着一份孤独者的高贵。而亲历"庆历新政"之败,被贬邓州太守的范仲淹能以"不以物喜,不以己悲"之胸襟情怀道得"居庙堂之高则忧其民,处江湖之远则忧其君","先天下之忧而忧,后天下之乐而乐"如此千古兼济之语,以一肩尽担今古之愁,则又非"品独""悟独""乐独"而不能成其志。"独"是个体身陷困塞之境时,对自我、对生命、对世间的一份生命担荷,亦是个体面对纷繁世间而安顿身心、自我调适的静观之法。北宋五子之程颢有诗《秋日偶成》,其二曰:"闲来无事不从容,睡觉东窗日已红。万物静观皆自得,四时佳兴与人同。道通天地有形外,思入风云变态中。富贵不淫贫贱乐,男儿到此是豪雄","从容独处""静观万物",从中而悟"安贫乐道"之"孔颜乐处"为生命中快意之事。"众鸟高飞尽,孤云独去闲。相看两不厌,唯

有敬亭山"（李白《独坐敬亭山》），"独坐幽篁里，弹琴复长啸。深林人不知，明月来相照"（王维《竹里馆》），"来过竹里馆，日与道相亲。出入惟山鸟，幽深无世人"（裴迪《竹里馆》），"有时新诗成，独上东岩路。身依白石崖，手攀青桂树"（白居易《山中独吟》），"南州溽暑醉如酒，隐几熟眠开北牖。日午独觉无馀声，山童隔竹敲茶臼"（柳宗元《夏昼偶作》），"饱食缓行初睡觉，一瓯新茗侍儿煎。脱巾斜倚绳床坐，风吹水声来枕边"（丁崖州），"相对蒲团睡味长，主人与客两相忘。须臾客去主人觉，一半西窗无夕阳"（陆游），"读书已觉眉棱重，就枕放欣骨节和。睡起不知天早晚，西窗残日已无多"（吴僧有规），"老读文书兴易阑，须知养病不如闲。竹床瓦枕虚堂上，卧看江南雨后山"（吕希哲），"纸屏瓦枕竹方床，手倦抛书午梦长。睡起莞然成独笑，数声渔笛在沧浪"（蔡持正），无一不道得独处静观之大自在、大快乐，道出这份世人难解难享的绝然孤独。邵雍有言："况观物之乐，复有万万者焉。虽死生荣辱转战于前，曾未入于胸中，则何异四时风花雪月一过乎眼也。诚为能以物观物而两不相伤焉。……因闲观时，因静照物，因时起志，因物寓言，因志发咏，因言成诗，因咏成声，因诗成音。是故哀而未尝伤，乐而未尝淫。"（邵雍《击壤集序》）宠辱不惊，闲看庭前花开花落；去留无意，漫随天边云卷云舒。世间之生死荣辱纷呈于目，却在心中明镜海阔天空的映照下化作一串云淡风轻的泡沫，随风而逝，未曾分毫入于胸次。"独"是一力承担，

是自我安顿，更是个体政治表达的重要方式——于"独"之姿态中，见出文化价值对于现实政治的超越。此"独"即为"不出"。黄庭坚《题伯时画严子陵钓滩》诗曰："平生久要刘文叔，不肯为渠作三公。能令汉家重九鼎，桐江波上一丝风。"子陵之"不仕"，张岱在《史阙》中解释说："光武，中兴令主也，而废郭后及太子疆，颇为后世口实。国朝方正学题《严陵图》有云：'糟

《春韵图》

糠之妻尚如此，贫贱之交可知矣。羊裘老子早见几，故向桐江钓秋水。'宛转二
十八字，可谓发千古之隐矣。"子陵的不出，是文化面对权势之时的自我坚守，而
为后世如此解读的桐江钓台，亦成为后人心中对文化价值坚守的意象。"独"是
不出时的坚守，也是政治风波中的一份洒脱与坦然。《古今诗话》云："黄鲁直谪
宜州，作诗曰：'老色日上面，欢情日趋心。……轻纱一幅巾，短簟六尺床；无客
日自静，有风终日凉。'少游钟情，故诗酸楚；鲁直学道，故诗淡夷。"虽遭遇政治
挫折，但鲁直之笔墨益穷益工，见道日圆日熟，无一毫寒窘乞怜之象，足见人格
之坚定、心性之圆融。此与同遭流放，而能以"为报先生春睡足，道人轻打五更
钟"化悲为健之老苏，可把臂而笑。吴曾，《能改斋漫录》卷十一《养病不如闲》
载："荣阳公绍圣中谪居历阳，闭户却扫，不交人物。尝有诗云：'老读文书兴易
阑，须知养病不如闲。竹床瓦枕虚堂上，卧看江南雨后山。'"此独处卧看之中，
足见吕希哲之风节卓荦，胸襟洒脱。于"味独"之中，个体化酸楚为冲夷，既可安
顿身心，以达"独善"之美；复不失儒者之现实关切，而成其"兼济"之志。悲智双
休、内外兼济，于此"独"中可见全豹之一斑。

渔樵耕读

　　李扶九、黄仁黼之《古文笔法百篇》评此文曰："小中见大,极真、极趣、极高、极妙。凡不真、不趣、不高、不妙,勿为古文也,亦勿为时文也。"以桑文能小中见大,独而成众,集真知、趣识、妙赏、高悟于一处。而黄仁黼紧随其后之按语道："开首即将自己揭出,以下所以名轩,及轩中物,轩中事,轩前所见之景,轩内所遇之人,皆因己而有,非因轩而有,是以别人一毫受用不得。文之灵动处全在'又若''虽然'两接,故记事均觉顿挫生姿。至将古今圣贤、文人、学士、忠义、乱贼一齐收入方寸,使己或为弟子,或为交游,或为士师,能于极小中独见其大。初不异苏秦之抵掌,王猛之扪虱,二种旁若无人之概,真堪独步文坛。"

　　黄氏之言,如伯乐之于千里马,子期之于伯牙。能有异代知音相识若此,方才不负桑氏以金声玉振之辞,"写天地辉光,晓生民耳目"之一片文心矣!

明文

一任闲往闲来，笑杀世人局促

——高攀龙《可楼记》

　　无锡金城西路以南、蠡
湖大桥东侧，有一占地15公
顷的水居苑，苑中主体建筑
名曰"五可楼"。因其曾五次
重建，置身楼台，又"可以望
山，可以观水，可以清风送
爽，可以阳光普照，可以明月
作伴"，故有此称。"五可楼"
上，书有"实学、亲民、忧国，

可楼

学者以天下为任"十三字。此语所道之士，便是"五可楼"的主人——高攀龙。

　　在归乡赋闲的三十年中，高攀龙于漆湖之畔（今蠡湖东岸）建造了一处读书
静坐的"水居"，取名"可楼"。"水居"坐拥环山，临湖而处，清幽雅致，远避尘嚣。
于"可楼"之中，存楼主人悟得之"治国平天下"的"立本致用之学"。高攀龙以

明
文

朱昂之《松山春游图》（局部）

"为天地立心，为生民立命，为往圣继绝学，为万世开太平"为毕生之志，"居与游无出乎家国天下"。因此，高攀龙为"可楼"作记，以述其置身"水居"之所思所乐：

> 水居一室耳，高其左偏为楼。楼可方丈，窗疏四辟。其南则湖山，北则田舍，东则九陆，西则九龙峙焉。楼成，高子登而望之曰："可矣！吾于山有穆然之思焉，于水有悠然之旨焉，可以被风之爽，可以负日之暄，可以宾月之来而饯其往，优哉游哉，可以卒岁矣！"于是名之曰"可楼"，谓吾意之所可也。

"水居"不过一间临水而建的小屋室，室内偏左之处向上搭建了一间小楼。楼室一丈见方，四面开窗。临窗远眺，南面则湖山相环，北面有农田茅舍，九陆平原延展在东，九龙山耸立在西。置身其中，望青山而怀抱穆然之思，临碧水而领悟悠然之旨，感微风之和爽，沐阳光之暖融，观小窗疏月之朝还夕往，优哉游哉，可以于此而终老一生矣！于是，"水居"有了一个充盈着满满的欣喜与安适的名字——"可楼"，言吾意之自在富足也。仅仅是一座位于乡间的小楼，或许，室内亦几无长物可言；如果一定要对这座小楼的优点略讲一二，大概即"窗疏四辟"，"南则湖山，北则田舍，东则九陆，西则九龙峙"，仅此而已。"于山有穆然之思焉，于水有悠然之旨焉，可以被风之爽，可以负日之暄，可以宾月之来而饯其往，优哉游哉，可以卒岁"之言，恐怕非高攀龙最初对一己书斋之所向；或者说，此"五可"乃"有心栽花花不放，无心插柳柳成荫""山重水复疑无路，柳暗花明又一村"的意外之客。因为，高氏自己亦言：

明
文

> 曩吾少时，慨然欲游五岳名山，思得丘壑之最奇如桃花源者，托而栖焉。北抵燕赵，南至闽粤，中逾齐鲁殷周之墟，观览及，无足可吾意者，今乃可斯楼耶？噫，是予之惑矣。

高攀龙自己亦不免心生疑惑——年少志远，慨然欲尽游五岳名山，以寻得一个如桃花源般安乐满盈的人间仙境，托以终生。观览所及，燕赵之雄豪粗犷，闽粤之精雕细琢，齐鲁殷周之肃穆庄重，尚无合我之意者；而今，何以竟对此地处偏僻、状貌简陋之楼心满意足？究竟是赋闲数载，早已习惯了安逸闲适的生活，再无千里之志；还是廉颇终老，一饭尚难，遑论无烈士不已之壮心？高攀龙的回答是——

> 凡人之大患，生于有所不足。意所不足，生于有所不可；无所不可
> 焉，斯无所足矣，斯无所不乐矣。今人极力以营其口腹，而所得止于一
> 饱。极力以营居处，而所安止几席之地。极力以营苑囿，而止于岁时
> 十一之游观耳，将焉用之！且天下之佳山水多矣，吾能日涉也，取其可
> 以寄吾之意而止。凡为山水者一致也，则吾之于兹楼也，可矣。虽然，
> 有所可则有所不可，是犹与物为耦也。吾将由兹忘乎可，忘乎不可，则
> 斯楼其赘矣。

马元驭《南溪春晓图》

世人之大患，在于不知足。知足者常乐，不知足者便常苦。而此"不知足"者，则产生于心中之"有所不可"——对物质生活的苛求。于风云际会中一施深藏若虚的经略之志，成经天纬地之业，享千秋万古之名，之于众人而言，实难企及；大凡世间常人，大多向往的不过是生活得安逸、富足，此即众人对生命"意义"最通俗的解读。因此，在常人的生命状态之中，不断追寻与获得现实的物质财富，便是自我生命意义的彰显与实现。物质生活匮乏所引发之"苦"，诚乃常人心理上难以接受并对其安之若素之生存体验。于是，便有了"有所不可"的不知足，有了追寻过程中求而不得的痛苦，以及十载金玉满堂、顷刻不名一文的绝望。然而，他们没有想过另一种可能——"无所不可"——放低对生存境况的苛求，随缘任运，随遇而安，无所不满足，无所不称意，自然也就无往而

不适、无往而不乐矣。对此,高攀龙进一
步解说道:世人不惜大肆耗费人力财力,
广搜山珍海味,以满足其口腹之欲,然
而,所得仅止于一饱而已;以千金营造华
丽张扬、占地万顷的高宅豪居,但真正实
用的,亦不过几席之地;绞尽脑汁,极力
构建世所罕见的亭台苑囿,也不过于一
年之中游赏一两次罢了,如此兴师动众,
劳民伤财,又有何用?况且天下之佳山
水不可胜计,既不能遍历群涉,倘若见山
是山,见水是水,而不明晓以山水寄性情
之理,那么登涉再多,亦乃徒劳。山水之
游如此,楼阁之居亦然。因此,高攀龙

高攀龙(1562—1626)

说,"吾之于兹楼也,可矣"——我有了这座小楼,也就可以了。生命中之种种体
验,不在乎以重金铺排营造,重要的是,是否怀有一颗"体验者"的心。但"吾之
于兹楼也,可矣",果真若此吗?不然!有所谓"可以",便意味着有所"不可"。
当世人言说"可以"之时,内心已不自觉地将"可以"所对应之情状与"不可"之情
状相比较,并做出高下之分。只是世人身陷其中,日用而不知。因此,在言说
"可楼"之际,便暗含以某些楼为"不可";"可楼"之"可",亦不过差强人意。于
是,高攀龙道:"吾将由兹忘乎可,忘乎不可,则斯楼其赘矣"——自此忘掉"可"
与"不可",如此言之,眼前之"可楼"亦乃多余者矣。

明
文

　　庄子说:"物无非彼,物无非是。自彼则不见,自知则知之。故曰:彼出于
是,是亦因彼。彼是,方生之说也。虽然,方生方死,方死方生;方可方不可,方
不可方可;因是因非,因非因是。是以圣人不由而照之于天,亦因是也。是亦彼
也,彼亦是也。彼亦一是非,此亦一是非。果且有彼是乎哉?果且无彼是乎
哉?彼是莫得其偶,谓之道枢。枢始得其环中,以应无穷。是亦一无穷,非亦一
无穷也。故曰莫若以明。"世间之事无不存在其对立的一面,正、反两个方面相
互依存、相辅相成。刚刚产生便意味着随之而来的死亡,刚刚死亡亦预示着下
一刻的复生;"肯定"的一刻便为接下来的"否定"埋下伏笔,"否定"的瞬间又蕴
藏着"肯定"的契机。因此,顺随看似"正确"的一面,同时即暗藏着滑向"谬误"
的危险,遵循看似"谬误"的一面,同时亦包含着"正确"的可能。事物之"彼向"

存在是与非,其"此方"亦同样存在正与误。由是,圣人不去划分正误是非,而是观察比照事物的本然,顺事物自身之情态,自然而然,水到渠成。那么,此亦即彼,彼亦即此。人为为事物所划分与区隔的"彼""此"两面便自此消弭,此即"大道"之枢纽。抓住了大道的枢纽,便抓住了事物的要害,从而顺应事物无穷无尽的变化。"是"亦无穷,"非"亦无穷。与其做无休止的辩驳与争论,不如用事物的本然来加以观察和认识——此即庄子的"齐物"思想。高攀龙对于个体修养与自我生命的理解,确有与庄子相同之处;然而面对家国大义,高攀龙则是非分明,疾恶如仇。《明史》载,高氏"少读书,辄有志程朱之学。举万历十七年进士,授行人。四川金事张世则进所著《大学初义》,诋程、朱章句,请颁天下。攀龙抗疏力驳其谬,其书遂不行。"行人司行人执掌传圣旨、行册封等宫中仪式化事务,较为清闲。因此,高攀龙便将大量时间用于研读二程、朱熹之理学著作与山西大儒薛文清之《读书录》,心领神会,受益颇丰。又亲撰《日省编》《崇正编》,将先朝大儒针对儒、释差异所发之论汇集成书,以抵制阳明心学所倡"儒、释、道三教合一"之主张。是时,朝纲废弛、国力渐衰,首辅王锡爵大肆剪除异己,朝廷之内,直言进谏之士为之一空。御史袁可立上疏针砭时弊,神宗却妄信王锡爵,将袁氏削为庶人。袁可立乃高攀龙同年,又是朝中难得一遇的有识之士,故高攀龙闻此而愤激不已。遂上《君相同心惜才远佞以臻至治疏》,对王锡爵严加指责,并于字里行间流露出对神宗亲佞远贤的不满。神宗大怒,谪攀龙为广东揭阳添注典史。此间,高攀龙结识了陆粹明及其师萧自麓等志同道合之辈,数人神交,常作邺下之游。在揭阳的半年,高攀龙的学术思想不断成熟,生命境界亦随之提升。万历二十三年(1595年)二月,高攀龙以遭亲丧为由,居家不仕近三十载。此间,高攀龙与顾宪成同讲学于东林书院,以静为主。操履笃实,粹然一出于正,为一时儒者之宗。万历四十八年(1620年)七月,神宗驾崩,皇太子即位,是为光宗。光宗在位仅二十九天便一命呜呼。其后,光宗长子朱由校嗣位,是为熹宗。东林党人因拥帝有功,重获起用。天启元年(1621年)三月,高攀龙被任命为光禄丞。天启元年进少卿。次年九月,高攀龙转任大理寺右少卿,十一月,升任太仆卿。天启三年(1623年),升刑部右侍郎。四年,旋改都察院左都御史。此时,以宦官魏忠贤为首的阉党势力日益膨胀,擅用职权,残害忠良,国势风雨飘摇,危在旦夕。东林党人纷纷上疏弹劾,欲力挽狂澜,拯大厦于将倾。高攀龙亦在其中。

就是这场腥风血雨的士宦之争,将高攀龙推向了死亡:天启四年八月,高攀

明
文

龙拜左都御史。杨涟等群击魏忠贤,东林党与阉党的对峙已如箭在弦上。御史崔呈秀自扬州还京,高攀龙上疏详言其罪状,辞严色厉,正义凛然。崔呈秀内心惶恐,仓促之间,拜魏忠贤为义父,并伙同魏忠贤诬陷高攀龙朋党。明熹宗偏听误信,遂将高攀龙去职除京。崔呈秀对高攀龙恨入骨髓,必欲除之而后快。于是,伪造浙江税监李实的奏本,诬告高攀龙、周起元、周顺昌、缪昌期、李应升、周宗建、黄尊素等七人贪污袍价十余万两,企图将东林党人一网打尽。高攀龙闻之,自知不免,却镇静自若。三月十六日清晨,高攀龙沐浴更衣,谒宋儒杨龟山祠,"以文告。归与二门生一弟饮后园池上,闻周顺昌已就逮,笑曰:'吾视死如归,今果然矣。'人与夫人语,如平时。出,书二纸告二孙曰:'明日以付官校。'因遣之出,扃户。移时诸子排户入,一灯荧然,则已衣冠自沉于池矣。发所封纸,乃遗表也,云:'臣虽削夺,旧为大臣,大臣受辱则辱国。谨北向叩头,从屈平之遗则。'复别门人华允诚书云:'一生学问,至此亦少得力。'时年六十五。"(《明史》)虽曰"一生学问,至此亦少得力",然在其致袁可立的《答袁节寰中丞》书中,高攀龙自言"弟腐儒一,无以报国,近风波生于讲会,邹冯二老行,弟亦从此去矣"。其未尽其生之恨,难见清平之憾,与同志阴阳两隔之苦楚,置世间身不由己之无奈,犹见于笔端。而其亦以"持名检,励风节,严气正性,侃侃立朝",而成为千百年来为世人所称道的儒之刚者。

明文

东林旧迹

只缘身在此山中

——见微知著

认识生活于其中的世界,是你我本无可逃的在世命运。无论是知晓某物的真容、明了某事的实况、感知某人的真伪,抑或把握自家的本来面目,人生的认识过程,即好似拨开面纱求睹芳容的历程。这是一场别样的恋爱,只是你我通常无从知晓,如何接近在水一方的美人。求"真"原不只是一个"我愿意"的态度表白,更是"我能够"的人生历练。然而太多的追寻者终其一生,犹只能为此岸的徘徊者;更有甚者,竟连"吾将上下而求索"的勇气亦不能常有。君子知己,其不难乎哉!

金玉其外徒虚誉，败絮其中丧笃实

——刘基《卖柑者言》

杭州有个卖水果的小贩，贮藏柑橘独具一绝，柑橘在他手中，经冬复历春，亦不腐烂，看上去不仅圆润饱满，色泽亦如金石玉质般光鲜亮丽。将其拿到市场去卖，虽然价格高出普通柑橘十倍有余，但人们仍争相购买，供不应求，柑橘转眼间销售一空，而小贩亦饱囊而归。

郁离子刘伯温（此处并非一定实指刘基其人，可将其理解为小说中的第一人称"我"）初到杭州，见此果摊生意异常红火，出于好奇，便买了一个，刚刚拨开，只见一股青烟直扑口鼻，异味难耐；仔细一看，里

刘基（1311—1375）

面早已变质，原本水润饱满的橙黄色橘瓣变成霉烂的青绿色，如破败棉絮般糙皱干瘪，望之令人作呕。刘伯温既惊又气，冲口怒斥小贩道："你卖给客人这种华而不实、徒有其表的柑橘，是要让买家将其装在华贵的容器中，供奉神灵，招待宾客；还是要以其光鲜的外表迷惑愚者和盲人，来赚这黑心之钱？行如此伤天害理、欺骗世人之事，你于心何安！吃一堑，长一智；你如此害人，买者一传十，十传百，今后，又有谁会无端来你这里被骗？这样做生意，定不长久！"

卖柑者非但不疾言厉色与之争辩，反而意味深长地一笑，继而徐徐道曰："从我独自谋生至今，一直依靠卖此种柑橘维持生计，我从事这行已数十载，岂非不知经商之道？数十年间，我卖人买，皆出于自愿，公平交易，从未有哪个买家对我、对这柑橘稍有微词，到您这儿，我们却被您说得一无是处，仿佛江洋大盗般作恶多端，难道是这柑橘独独不能满足您的要求？还是，这几十年来光顾

· 107 ·

我果摊的客人都是愚者和盲人？退一步讲，即便如您所说，我乃无良小贩，诓骗世人；但自古而今，世上言行不一乃至欺世盗名之辈自不在少数，难道仅仅我一人吗？况且，我不为高名厚禄，只为养家糊口，维持温饱而已。看来，您之所思所言尚乏周全。

"如今那些身佩虎符、高居将军座席之徒，望之气宇轩昂、威风凛然，仿若卫国之将才，可他们果真有孙武、吴起之谋略吗？那些峨冠展袖、衣袍垂地之流，望之正气慨然、如穆如肃，仿佛治国之栋梁，可他们果真能够建立伊尹、皋陶般之功业吗？寇贼四起却不谙防御之道，黔黎困顿却不识救助之法，黠吏作祟却不知禁止，纲纪废弛却不懂整治，身为肉食者，却尸位素餐，每每念此而不知愧。请君反观那些端居高堂、骑良马、饮佳酿、享美食之伦，何人乍看上去不是英姿拔卓，令人敬畏，显赫过人，值得效仿？可是这些游手好闲的无能之辈，无论走到哪里，又有谁不是金玉其外、败絮其中？你看不到一国之危，却盯着我这箱柑橘，诚可悲、可叹矣！"

郁离子听闻此言，默然良久。回家途中，一路上思考卖柑者之言，忽然让他想起了此人仿佛西汉武帝身边的弄臣东方朔。东方朔"好古传书，爱经术，多所博观外家之语"。虽诙谐幽默，言词机敏，"然时观察颜色，直言切谏，上常用之。自公卿在位，朔皆敖弄，无所为屈"。（《汉书·东方朔传》）。可叹武帝始终以之为俳优，终生不得重用，遂撰《答客难》《非有先生论》，抒一己之怀才不遇。而卖柑者正如东方朔般诙谐多讽、机智善辩。难道，此人亦乃针砭时弊、愤世嫉俗之辈，方借柑橘以讽世事吗？

刘基乃元末明初人，军事家，政治家，文学家，字伯温，1311年至1376年在世。刘伯温自幼聪颖异常，读书一目十行，过目成诵。因而对儒家经典、诸子百家之书，皆烂熟于心；而对天文、地理、兵法、术数之

明文

刘伯温塑像

学问,更是潜心研究,造诣极高。十四岁入处州郡学习《春秋》,十七岁师从处州名士郑复初研习宋明理学,同时准备科考。会试中,年轻的刘伯温脱颖而出,名满江浙。明朝开国年间,成为朱元璋的宰相。后辞官归隐,放浪行迹于山野之间。著有《郁离子》《覆瓿集》《春秋明经》等,后人合编为《诚意伯文集》二十卷。其为文识见俊卓,深厚而不失闲雅之风,超迈拔卓,自成一家。刘基此文之第一义意在讽刺元末朝廷声威显赫、冠冕堂皇的达官要员本质大多乃"金玉其外,败絮其中"的欺世盗名之流,揭示当时寇贼蜂起、贪贿成风、纲纪废弛、民不聊生之社会现实,直斥最高统治集团之腐朽无能;欲收力透纸背、意味深长之效,刘基采取小中见大、欲扬先抑之笔法。全文以刘基(实为作者虚构之"我")与卖柑者之辩一贯而下,以卖柑者之议论为点睛之笔。然而,文章之始却无些许论辩场上刀枪环列、针锋相对之紧张与戾气霸气,而是以刘子闲来无事买柑开篇,安然祥和、娓娓道来。而作为文章之药引、为下文议论做铺垫的奇特之"柑"的出场,亦与众不同,绝非等闲之物。此柑"出之烨然,玉质而金色"——如鹤立鸡群,脱颖而出——"置于市,贾十倍,人争鬻之"——此柑何止上品,简直人间仙物,世所罕见,妙也,神也!

　　世间佳遇,视乎良缘,可遇而不可求,如此仙品,自不可等闲为人间俗物而食之如牛马般饕餮,但若不略尝一二,又实在可惜,定会抱憾终身;因此,刘子便买一柑,满心期待而又小心翼翼地剥开柑橘,等待着一霎间沁入心脾的甘芳。然而,不但嗅觉与味觉的甘芳没等到,甚至连视觉的愉悦都没有,等到的竟是扑面而来的腐败霉烂之气。希望愈大,失望愈大;飞得愈高,跌得愈惨。同样的道理,刘基的失望溢于言表,甚至已由失望转而为一发而不可收的强烈愤怒——于是,卖柑者经受了一场铺天盖地而来的暴风

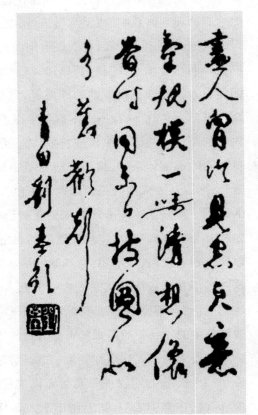

刘基手迹

明文

· 109 ·

雨。刘基用了两段的笔墨，苦心经营了一个陷阱。大多认可普世价值观的读者，于情于理，都会发自内心地跟随刘基一起大骂"卖柑者"的奸险狡诈；就算赞同卖柑者此举之诸位，面对来自公共道德和舆论的压力，亦无法直接为金玉其外、败絮其中的"柑"高鸣颂音。这个华而不实、徒有其表的"柑"，让那些不赞同刘基的人，即便不情愿，亦不得不随之附和，以彰显自我内心"澄明"的"良知"。如此铺垫，自然而然，水到渠成。在如此于情于理皆无懈可击的氛围之中，卖柑者接下来可能出现的一番自圆其说的论辩便愈显其不可思议。而卖柑者面对此种困局窘境，唯一可能不输阵的策略便是超乎常理，出奇制胜。

果然，卖柑者非但不急，反而以笑应之。更加令人不可思议的是，此人卖这种腐败霉烂的柑橘已数十载，众人对此从未有过丝毫质疑，皆以为是理所应当之举。于是，悖论出现了：究竟是众人之过，还是刘基错了？究竟，所谓衡量是非的"准则"，是合乎大众的"公理"，还是掌握在少数人手中的"真理"？区分"正常"与"反常"的标准，是否已于不知不觉间发生着质变？公众之"常"，恰恰是应然之道德评判体系中的"反常"，只是，世人的道德评判标准已发生质变，面对强大的国家机器，众人不愿挑战统治集团的权威，在强权与公理之间，昏惑常人为求自保而违心地站在"强权"一边，高声颂扬着"强权的公理""少数人的公理"；即便有人甘愿做举世混浊的独醒者，为心中坚持的公理正义振臂高呼，但昏昏众人诚乃大多数，尚存一念本真者坐视不理，更有甚者为一己私利而出卖良知，先行的革命者终因孤军作战、势单力薄而为强权所吞噬。天长日久，众人便置身扭曲的道德体系中，终日践行而不知其非，更以此"反常"而为"正常"。"童心既障，而以从外入者闻见道理为之心也。"（李贽《童心说》）"反常"成了自然而然的法则。抱守正义与一己良知之士，反成了众人眼中乖张怪异的"反常之流"。是与非、黑与白、"正常"与"反常"，彻底扭曲颠倒。众人以为替强权擂鼓助威可以保全眼前之利，殊不知，自其颠倒是非的一刻起，便已自食着恶果；更可悲者，这些苟活在强权所建构之谎言中的众人，每日窃喜着表面上身无灾病、衣食无忧的生活，而不知自己正不断陷没在一片噬人无骨的沼泽中。日食金玉其外、败絮其中的"柑橘"而不知其害反以为佳，不正是如许众人之可悲写照吗？

刘基之笔法实在堪称老辣，在前两段，于读者不知不觉间，轻而易举地为其设了一个隐蔽的陷阱——卖柑者以次充好，高价出售，确乎奸猾狡诈、可恨至极；因此，在文中之"我""若所市于人者，将以实笾豆，奉祭祀，供宾客乎？将炫外以惑愚瞽也？甚矣哉，为欺也"之疾风暴雨式的痛斥中，读者同作者与文中之

"我"一样，有着对下文小贩理屈词穷、落荒而逃的心理预期。然而，如此作结，此文不过一篇指责无良奸商的时事报道，作为文学创作，既少曲折离奇、复杂多元之情节设置，又无由"山重水复疑无路"到"柳暗花明又一村"之结构铺排，实属下品；而文中之"我""正义凛然"与卖柑者"奸狡猥琐"的形象对比，亦没有跳脱读者的预期心理，无法收到逆向受挫的审美效果。因此，刘基要不断为自我设置障碍，再不断去将其化解，颇有"以子之矛，攻子之盾"之意。但卖柑者又当如何辩驳"刘基"此番看似于情于理皆无懈可击的犀利言辞呢？于是，在第三段，刘基以"奇"制胜："卖者笑曰：'吾业是有年矣，吾赖是以食吾躯。吾售之，人取之，未尝有言，而独不足子所乎？世之为欺者不寡矣，而独我也乎？吾子未之思也。'"卖柑者面对"我"的责骂，不仅不恼羞成怒，反而从容不迫地笑言其理；一句"吾子未之思也"——"看来，您尚乏深思"，紧张的气氛立刻缓和下来，读者预想中小贩落荒而逃的景象亦代之以卖柑者的自信与神秘。此刻，读者与文中之"我"皆迫切想知道，区区一卖柑者，何以如此自矜其才？于是，在绕了一个大圈之后，刘基才将读者代入正题——他想说的，也是此文欲彰之旨——"为世人盗名者发"（吴楚材、吴调侯《古文观止》卷十二）。撰文专论此想，未免予普通读者以"肉食者谋之，又何间焉"之自我逃避的借口，而贾谊《治安策》式长篇大论、举证翔实的政论文，又有冗长枯燥之虞；故刘基借卖柑者之言隐喻其事，寓理于

明文

刘基伯温之墓

趣,可谓绝妙！文章结尾并非峰回路转、柳暗花明的传统结局,卖柑者累累如丧家之犬,"刘基"完胜而归;恰恰相反,义正词严、理直气壮的"刘基"却被"欺世惑众"的卖柑者驳得哑口无言,结果,"予默默无以应。退而思其言,类东方生滑稽之流。岂其愤世疾邪者耶？而托于柑以讽耶?"行文至此,卖柑者的形象完成了一个彻底的颠覆与逆转,一个"世之为欺者"华丽转身而为类东方生之愤世疾邪、"托于柑以讽"者。"那个卖柑者,莫非是如东方先生般愤世嫉俗的高士,所以才借柑来托讽当世?"半开玩笑、半推想的语气,瞬间缓解了上文卖柑者针砭时弊的犀利与锋芒。全文自始而终,由迂徐不迫到高潮迭出,再归至从容闲雅,环环紧扣,而无露骨伤痕之迹。过商侯评点此文言"刘学士盖有慨于缙绅先生,无不金玉其外,败絮其中,故设为卖柑之说,以抒写其意。玩其文,识见俊卓,调度闲雅,且深厚沉深,不露骨,不伤痕,可垂不朽"(过商侯《详订古文评注全集》),确乎中的之语。

得志猖狂终自误，妇人之仁亦可怜

——马中锡《中山狼传》

　　赵简子于中山（今河北省定县一带）打猎，负责狩猎的官员在前面导路，猎鹰猎犬跟随在后。灵敏的飞鸟，凶猛的野兽，皆应弓箭射出之声而倒，所获猎物不可胜数。正当赵简子意气风发，意欲一鼓作气、挥弓前行之际，忽然，一只狼从丛林之中钻出，如人一般直立在赵简子面前，挡住了他的去路。简子从容登车，手拉良弓而射之，弓箭如风驰电掣般插入野狼体内，深得连箭末的羽毛都不得而见。野狼惨叫一声，仓皇而逃。赵简子大怒，驱车逐之。土尘腾起，遮天蔽日；马蹄踏地之声，如雷鸣般响彻林间，十步之外，不辨人马。

　　此时，正逢信奉墨子"兼爱"之说的东郭先生将北上中山以谋求官职，骑着蹇驴，背着图书，因天不亮就匆忙赶路而迷路。受伤的野狼突然蹿到东郭面前，

仰首哀求东郭道："先生可有成人之美之志哉？曩昔晋代毛宝曾买一只乌龟放生，日后在战事中因败北而投江逃命，仿佛感到有一物载其过江，登岸一看，正是从前所放的乌龟；随（今湖北随县）侯曾替一只受伤的蛇敷药，后来蛇衔来一颗名贵的珍珠报答他。龟、蛇尚且如此，何况是比龟、蛇灵异百倍的狼呢？如今，我身负重伤，命悬一线，先生何不效法前贤，成人之美，将我藏在你肩上所

东郭先生受教图

明文

中山狼

负之袋中,使我得以苟延残喘?他日,如若我得以脱颖而出,必当衔环结草,以报先生之恩!"

东郭先生面有难色,道:"唉!为包庇你这条狼以触犯世卿、忤逆权贵,接踵之祸尚不可测,又何敢奢望你他日报恩?然而,墨者立身行事之道,以'兼爱'为本,见死不救,非我墨家学派之人;帮助你脱离危险,救你一命,我自当全力以赴。"于是,东郭将布袋中的所有书籍倒出来,让肥胖的狼努力缩成一团,并绑缚其手足,将其塞进袋中;又将所携之书置于其上,挤压再三,方勉强扎上袋口。稍加平静波动的情绪,继续前行。然而,内心依旧惶惶不安。

不一会儿,赵简子驱马迎面而至,见东郭先生骑蹇驴、负重囊缓缓前行,神色慌张不安,又见袋子上血迹斑驳,沿途依稀有野狼的爪印与血迹,便知是东郭先生将狼藏于囊中。赵简子追问再三,孰料东郭先生一口咬定自己一路走来,从未见过什么受伤的狼,袋中装的只有些旧书,上面的红色只是自己先前被误伤的血迹。赵简子明知东郭说谎,却又追问弗得;哀其愚昧,又怒其固执,盛怒之下,挥剑斩辕端以示先生,大声恫吓东郭曰:"胆敢隐藏野狼行踪者,有如此辕!"东郭先生连忙双膝跪地,匍匐以进,叩头请罪曰:"鄙人不慧,立志于有生之年创一番事业,碌碌奔走于异域他乡,自己尚迷失方向,不知出路何在,又怎能了解狼的去向呢?然尝闻古语有云:'大道以多歧亡羊。'一童子尚可驾驭制服一只羊,即便如此,羊尚因大道多歧路而四处离散走失;狼之凶残阴鸷,已非单纯温驯的羊可比,而中山一带,又多大道歧路,亡狼者何可胜属哉!仅仅沿大道以求之,几类守株待兔、缘木求鱼。况且田猎乃虞人(掌管狩猎的官员)之本分,野狼受伤而逃,是虞人失职;您欲知野狼的下落,亦应当去询问他们,行路的普通百姓又何罪之有呢?再者,鄙人虽愚钝,却也不至是非颠倒,黑白不分,岂不知狼者，性情贪婪而狠戾，与豺沆瀣一气，为患四方；如若您能射杀野狼，为百姓除一害，鄙人固当效微劳于上，又岂能知而不言、包庇窝藏呢？"赵简子思之良久，默然应之，故改道寻之；东郭先生亦暗自捏把冷汗，策驴兼程前进。

过了许久，赵简子的大队人马渐行渐远，羽旄之影渐没，车马之音不闻。狼猜想赵简子已走远，便在囊中大叫："先生，快放我出去吧，解开我身上的绳子，拔出我臂上的羽箭，否则，我要被憋死在袋中了。"东郭慢慢将绳子解开，孰料，狼一出来，却像换了一副面孔般，一改先前可怜无助的表情，贪婪而凶狠地向东郭先生咆哮道："是先生您从那些猎者手中救了我，让我死里逃生，您之于我，如同再生父母。如今，我甚为饥饿，馁而不得食，亦终必丧命。与其让我饥死于道路之间，而成为群兽之食，身首异处，倒不如死于猎者之箭下，起码能够为贵族做食品，被置于金俎玉瓮之中。先生既身为墨者，终日奔波劳顿，只为思一利天下，又岂会吝惜以牺牲您区区一肉身而保全我羸弱的性命呢？"说着，便鼓起血口，张开利爪，扑向东郭先生。

东郭仓促之间以手搏之，以驴子为掩护，边打边退。野狼因身受重伤，始终没能够制服东郭，东郭也竭尽全力来抗拒，僵持良久，彼此都十分疲倦。东郭隔着蹇驴，对着狼大叫："我好心救你，你却忘恩负义！"狼贪婪狡黠地答道："我不是存心要忘恩负义，只是，天生汝辈，固需吾辈食也。"相持既久，日渐落山。东郭窃想：天色既晚，如若此狼更引狼群而来，我就必死无疑了！于是便骗狼道："此地民俗，遇到存疑之事必先询问当地三位德高望重的长者。我们之间既存纠纷，便只管前行，求教于三位老者，如果他们认为于情于理你都该吃我，那么你可立即将我吞下，这样也好师出有名；如若他们说你不当吃我，那么你就要立刻作罢。"狼大喜，便与东郭一起前往拜见三位老者。

过了一会儿，暮色降临，道上已无行人，野狼甚是饥馋，便望着路旁僵立的老树，迫不及待地对东郭先生说："可问这位老

东郭先生

者。"东郭先生道："草木无知，问它们有什么用？"狼说："你只管问便是，它自当有言。"东郭不得已，三拜老木而从头到尾将事情的前因后果详细地述说一遍，然后问曰："狼应当吃我吗？"木中霎时轰轰作响，震耳欲聋，有声响曰："我乃杏木。昔年老园丁种我时，仅仅用了一颗杏核。一年之后，我便开花；又过一年，再结果实；第三年，有两把粗细；十年过后，则有合抱之粗。至于今，已有二十余年矣。老园丁一家妻儿老小吃我的果实；外至宾客，下至奴仆，都吃我的果实；

中山狼寓言

有剩者，又拿到集市上卖掉，以赚取利润。我之于老园丁，劳苦功高；而今老矣，不能够再开花结实，为老园丁谋取利益，于是，他便一怒而将我的枝干砍下，剪除我的枝叶，打算将我卖于木匠铺子以换取金钱。唉！无用之木，至桑榆之年，只求免于斧钺之砍伐而不可得。你有何德于狼，竟觊觎免于狼口？此狼本就该以你为食。"话音刚落，便见饿狼迎面扑来。先生曰："你这条狼背弃盟约，之前向我发誓要询问三位老者，如今遇到一棵杏树，就如此迫不及待地害我！"狼思之再三，亦觉有理，便与东郭先生继续前行，以图求教于长老。

饿狼更加着急了，望见一只衰老的母牛在晒太阳，便对东郭先生说："你可以问问这头老牛。"东郭道："刚才的老树无知，信口开河，一派胡言，几乎败事。眼下这头牛，不过禽兽而已,又如何能够裁夺是非?"狼说:"只管问问,你若不问,我立刻将你吃掉。"东郭先生不得已,向老牛作揖膜拜,再述事情始末以问之。老牛皱眉瞪目,舐鼻张口,向先生道:"老杏之言诚不谬矣!想我年少之时,筋力强健,老农用一把刀换了我回家,驱赶我同群牛一道耕地。随着我日益强壮,群牛日益疲老,但凡耕田犁地拉车之事,老农都交予我任之。老农视我如左右手,衣食靠我来赚取,婚姻仰我而得以完成,赋税赖我而得以缴纳,仓庾靠我而得以丰实。我自己也暗自庆幸,自信死后可能像狗马一样,能够得到一张苇席埋葬尸体。昔年家中仓储粮食不过两担,如今单单小麦便收多十斛;往年穷居无聊,不敢有些许温饱以外的消闲,现今则在社集中逍遥自在矣;往年酒杯和酒缸一直不用,里面积满了灰尘,半辈子没有触碰过酒,嘴唇因长久尝不到酒而燥热干裂,如今尊罍之中美酒满盈,全家以之为荣;往年终日身着粗毛布衣,与木石泥土为伴而无社交活动,不知进退之礼、孔孟之学,而今手持课本,知读书识字,晨昏定省,头戴笠子,腰佩韦带,宽袍展袖,俨然富贵中人。一分一毫,皆我之力也。但如今,我疲老羸弱,主人见我无用,便将我驱逐于荒野之中,终日冷风刺目,形影相吊。猛硬的野风呼啸而至,我枯瘦如柴的身躯在风中摇晃。回望过往,不禁老泪纵横,一发而不可收。手足肌肉痉挛而不可屈伸,皮毛俱亡,疮痍未愈。老农之妻凶悍善妒,朝夕在老农耳边唠叨:'此牛如今一无是处,几成废物;我看来看去,它也只剩下一身可以做肉脯的老肉和可制皮革的牛皮,外加可以雕琢成器皿的骨角。'并命长子早日将我弑杀。我此刻苟活,下一刻便可能成为俎上之肉,人类之无情至此!你东郭有何德于此狼,竟妄想免于杀身之祸?"言未及毕,狼又张开利爪扑向东郭先生,先生忙以手招架道:"别这么心急,待寻至长老而后可。"

明文

此时,远方有一老者拄着拐杖迎面徐徐走来,须眉皓然,衣冠闲雅,俨然一得道之士。先生又喜又惊,急忙跑上前去,啼泣而拜曰:"恳请丈人救我一命。"丈人问其原委,先生以实相告,又顿首再三,俯伏听命。丈人闻之,唏嘘良久,以杖叩狼曰:"你实在是大错特错了。世间没有比忘恩负义更加不祥的事了。东郭先生救你一命,犹如你的再生父母。为父而慈,为子而孝,此乃天经地义,世间常理。即使虎狼,亦有父子之爱。而今你竟负恩如此,真是豺虎不如。"又高声呵斥狼曰:"你现在打消吃人的念头,速速离去,尚可谓亡羊补牢,为时未晚;不然,休怪我对你不客气,以杖杀之。"

野狼却无些许悔改之意,大言不惭道:"丈人您只知其一,未知其二,请听我追本溯源。起初,东郭先生救我时,用绳子紧紧地缠住我的手足,将我闷在囊中，压以诗书，我蜷着身子，不敢稍加喘息；东郭先生又同赵简子唠叨些冗长烦赘的无谓之辞，难道是想让我闷死在囊里，而自己坐收渔人之利吗？"老者听罢，回头对东郭先生说："若果真如此狼所言，那么你亦有过。逢蒙向羿学射箭，学成后，心忌羿之箭法技高一筹，自己总是屈居第二，便趁羿不备，而将其杀死。羿不能明辨是非，以致死于非命；你此举则同羿一般糊涂不智。"东郭先生心中

东郭先生受教图

甚是不平，将他如何怜悯受伤之狼，并将其装在袋里，试图救其一命的始末又详详细细地描述一番；狼亦巧言利辩，以求己胜。老丈人见二者纠缠不清，是非难断，便说："你二者所执之辞皆不足为信。此囊如此细小，何能装下一狼？你们若想获得公正的裁决，就再演示一遍当时狼入囊中的情景，我以此定夺。"狼欣然从之，便任凭东郭先生将其手脚绑缚，置入囊

中，扎好袋口。丈人忙在东郭先生耳边细语道："可有匕首？"先生道："有。"并从怀中取出匕首，递予丈人。丈人向东郭使眼色，欲让其以匕首刺狼。东郭先生面有难色道："这样不是要了狼的性命吗？"丈人笑曰："禽兽负恩如此，而你犹不忍杀之；你固为仁者，然多妇人之仁，愚亦甚矣。人皆有恻隐之心，见童子坠井，下井以救人，固为善举，可这并不意味着置一己于绝境之中。仁而到了愚蠢的地步，此乃君子所与也。"言毕大笑，东郭先生亦笑而举刀，将野狼杀死，弃之道上而去。

　　本文出自马中锡的《东田集》，是根据古代的传说发展而成的一个寓言故事。通过寓言，马中锡彻底揭示了狼的本性：本性凶残者，在危难之际，伪装出一副软弱可怜的样子，迷惑那些愚昧之人，以求自保；然而，危难过后，却又立刻原形毕露，六亲不识。对待此种贪婪凶恶之徒，就应当严惩不贷，不可心存犹

疑。对恶者仁慈便会为其所利用，贻虎为患，为虎作伥，结果适得其反。相传此文乃为讽刺李梦阳负康海搭救之恩而作；一说，《中山狼传》为唐代姚合或宋代谢良作，马中锡只是略加修改；另说，此文意在讽刺墨家"兼爱"之说。对于讥讽李梦阳之说，《四库全书总目提要》对之加以辨证，以为此说实属附会；而作者非马中锡其人之说，今尚待考证。本文确有讽刺墨家"兼爱"说之意，马中锡本人长于散

马中锡（1446—1512）

文，名闻四海，李梦阳、康海、王九思皆曾师事之。马氏为文不傍门户，卓然自立，文风横逸奇崛，风骨凛然。《中山狼传》寓意引人深思，文辞活泼生动，深受后人喜爱。文中所刻画狼之狡猾、贪残，东郭先生之迂腐、软弱，老丈之机智、坚定的形象，皆跃然纸上，呼之欲出。明、清两代曾多次被改编成为杂剧搬上舞台。而今读来，仍发人深省，极富启发价值。

明
文

大巧若拙方为智，繁华落尽始见真

——袁宏道《拙效传》

袁宏道（1568—1610）

袁宏道，字中郎，一字无学；号石公，又号六休。荆州公安（今属湖北公安）人。与其兄袁宗道、弟袁中道并有才名，合称"公安三袁"。明代自弘治以来，文坛为以李梦阳、何景明为首的"前七子"及王世贞、李攀龙为首的"后七子"所把持。前、后七子主张复古，"文必秦汉、诗必盛唐""大历以后书勿读"，文坛一时间望风而靡，以致"天下推李、何、王、李为四大家，无不争效其体"（《明史·李梦阳传》）。其间，虽有归有光等"唐宋派"作家于文坛发出异调别响，但影响有限，不足以矫其流弊。万历年间，李贽力倡"诗何必古选，文何必先秦"与"文章不可得而时势先后论也"，针砭时弊，与徐渭等人成为"公安派"之先导。"公安派"的文学主张发端于袁宗道，袁宏道为中坚，袁中道则进一步扩大了它的影响。"公安派"反对"文必秦汉，诗必盛唐"，认为"性情之发，无所不吐，其势必互异而趋俚，趋于俚又变矣"，故而"古不必高，今不必卑"，"信腔信口，皆成律度"；并进一步提出"独抒性灵，不拘格套"的性灵说。公安派"一扫王、李云雾"（《公安县志·袁中郎传》），行文自成一家，于文体革新功绩甚大。而袁宏道亦因为"公安派"之中流砥柱而名垂后世。

明

文

《拙效传》为袁宏道于万历二十七年（1599年）至万历二十八年（1600年）身居北京之际所作。袁氏以漫画之夸张笔法与生动之细节描绘，传神刻画出家中四位仆人的性格特征。冬、东、戚、奎四人虽皆拙笨可笑，却神态各异，甚至因愚钝笨拙而得以全生。文章开篇，袁宏道说：

"天下之大，若论深谙韬光养晦、趋利避害之道者，非兔子莫属，但猎人却能够捕捉到它；墨斗鱼在遇到危险时能够吐出墨汁一样的汁液来隐藏自己，看似高明，但恰恰是此举，为其招来了杀身之祸。世人总是不断地推崇与表彰机智、聪慧之辈,但玩弄心机与技巧究竟有何用处呢?所谓'螳螂捕蝉,黄雀在后',处心积虑的全身之策无论何其高明,却总会被天外有天的高人所攻破。老子有言:'大成若缺,其用不弊。大盈若冲,其用不穷。大直若屈,大巧若拙,大辩若讷。'因此,我要作一篇《拙效传》,以颂扬那些大智若愚、以'拙'全身之'智者'。"

世人多尚"智","神童""智者"之誉自古为泯然之众人所渴慕;袁宏道却反其道而行之,以"常理"之"智"为"拙",而以众人厌恶之"拙"为"智"。何以如此?袁宏道诙谐而又不失理性地娓娓道来:

"我家中有冬、东、戚、奎四个仆人。冬即我的仆人。其人面孔瘦削,两鼻朝天,眼睛深蓝,虬须满面,脸色如锈铁般令人惊骇。冬仆曾随我至武昌。一次,我命他去拜访不远处一位老友,他回来时迷了路,来来回回走了数十遍,见其他仆人经过,也不向人问路打听。是时,恰逢我出去,见到已逾不惑之年的冬四处张望,面容悲戚忧伤,便叫住他,见到救星忽至,冬立刻如枯木逢春般兴奋。冬仆好饮酒,一天,家里正酿酒,他刚刚求得一碗,却因有差事要办,而将酒忘在案上,最终被一个婢女偷喝掉了。冬仆难过不已,不停地唉声叹气,其状甚是可怜。酿酒的人同情他,便又给了他一碗。他欢天喜地地弓着身子到灶间烫酒,酒立刻被熊熊烈火点着,红彤彤的火焰迅速腾起,迎面扑来,"倏"地一下,几乎烧光了冬的眉毛。家人见状,哭笑不得,便又给了他一瓶酒。冬仆十分高兴,将酒瓶放到滚烫的热水中,准备等酒热了再饮,不料手又被溅起的热水烫了一下,冬失手将酒瓶掉入热水中。最后,他没有喝到一口酒,只好望着水中的酒瓶发呆。我要冬开门,门纽紧籥,冬用力一推,身子被强力甩出,头触到地上,脚弯过了头顶,惹得全家人大笑不止。今年冬又随我来到燕京的住所,他与那些仆人们一起同居共处了半年,但当我问他那些仆人的姓名时,他却一个也答不上来。

"东仆的相貌,奇特中带着稍许诙谐之意。东年轻时在长兄宗道家中做事。大嫂早亡,大哥意欲续弦,便叫东仆去城里买饼,为续娶之妻家下聘礼。家里离城区数百里,佳期已近,大哥便

明文

· 121 ·

袁氏三兄弟

要东仆于三日内赶回。第三天下午申时左右还不见东仆回来，父亲便和哥哥到门外四处问寻。傍晚时分，只见一人挑着担子沿柳堤走来，仔细一看，原来是东仆。父亲喜出望外，赶快迎他到家中，放下担子一看，担中仅有一瓮蜂蜜。问他饼在何处，他却自豪地说："昨天到城里，见到蜂蜜的价格低廉，于是就买了。饼的价格比较贵，不值得买。"当地风俗，要用饼作为下聘的礼物，因为没买到饼，最终也没有行聘礼。

"戚和奎是三弟中道的仆人。一次，戚仆在砍好柴后跪下来捆柴，却因用力过猛而将绳子拉断了。于是，拳头打到自己的胸部，戚晕倒在地，时过良久，才苏醒过来。奎的相貌好似野獐，年已三十，尚未行冠礼，头发在脑后扭成一个高高的发髻，远望过去，好像粗粗的绳子扭在一起。弟弟中道给奎仆些钱，让他去买顶帽子遮住头发，奎仆在试帽子时忘了自己头上正顶着高高的发髻，等到回来，解开发髻，束发戴帽，方才发现帽子太大，将口鼻眼全部遮上了，奎仆为此而唉声叹气了整日。一天，奎到邻居家去，路上，遇到一条狗穷追不舍，他便抡开双拳，好似与人比武一般与狗厮打起来，最后，反被狗咬伤了手指。四个仆人的痴愚往往如是，不可以二三之言道哉。

袁公小像

"但我家中那些狡诈的仆人，往往仰仗自己有些小聪明而同主人动心机、玩计谋，阳奉阴违、欺上瞒下。十载恶行，一朝昭著，主人们常常一怒而将其赶出家门，这些人本欲通过暗中损人而利己，岂料却因自以为是、不行正路而适得其反，聪明反被聪明误。只有这四个笨拙愚钝的仆人很守规矩，对主人忠心不贰。那些狡猾的仆人总是抱有己为而人不知、损人利己的侥幸心理，对每个主人都暗设陷阱、有所隐瞒，不肯真诚以待，因而在各府都做不长久，一两年即因东窗事发而被赶出家门，因糊口无路，无法维持生计，如今他们大多受冻挨饿，境况凄凉；但这四个拙仆，因为身无大过，便能够在我家中长久做下去，衣食住行概无忧心之处，而主人亦体谅这些仆人身无他技，便根据他们家中的人口数而为其派发粮食，维持其温饱。不用动巧辩、费心机便能够衣食无忧，尚有长久立身之地，此足见愚钝之善处矣！"

世人皆以"机巧智辩"为善，却不知"奸巧弥密，虽丰其誉，愈丧笃实"，"巧辟滋作，故败失也"（王弼《老子注》）。杨修有俊才，然恃才放旷，数犯曹操之忌：操尝造花园一所，造成，操往观之，不置褒贬，只取笔于门上书一"活"字而去。人皆不晓其意。

老子画像

修曰："门内添活字，乃阔字也。丞相嫌园门阔耳。"于是再筑墙围，改造停当，又请操观之。操大喜，问曰："谁知吾意？"左右曰："杨修也。"操虽称美，心甚忌之。又一日，塞北送酥一盒至。操自写"一合酥"三字于盒上，置之案头。修入见之，竟取匙与众分食讫。操问其故，修答曰："盒上明书一人一口酥，岂敢违丞相之命乎？"操虽喜笑，而心恶之。操恐人暗中谋害己身，常吩咐左右："吾梦中好杀人；凡吾睡着，汝等切勿近前。"一日，昼寝帐中，落被于地，一近侍慌取覆盖。操跃起拔剑斩之，复上床睡；半晌而起，佯惊问："何人杀吾近侍？"众以实对。操痛哭，命厚

老子塑像

葬之。人皆以为操果梦中杀人；惟修知其意，临葬时指而叹曰："丞相非在梦中，君乃在梦中耳！"操闻而愈恶之。故终因露才扬己而为曹操所斩。祢衡"少有才辩，而尚气刚傲，好矫时慢物"，却亦为其机敏狂傲所误，死于非命。杨修、祢衡之死，皆因其锋芒毕露，机巧太过。真正大圣人，其"绝假纯真，最初一念之本心"之"童心"皆未曾失（李贽《童心说》）。正所谓"绝圣弃智，民利百倍；绝仁弃义，民复孝慈；绝巧弃利，盗贼无有"，"人多伎巧，奇物滋起；法令滋彰，盗贼多有"。故老子云："我无为而民自化，我好静而民自正，我无事而民自富，我无欲而民自朴。"

明文

天网恢恢疏不漏,端己直行方为道

——方孝孺《越巫》

越地(今两广一带)有个巫师,逢人便称自己善降妖除鬼,例无虚发。偶尔应村民之请,为病人作法驱魔,便立法坛,吹号角,摇铜铃,大呼小叫,左摇右摆,上蹿下跳,仿佛跳胡旋舞般夸张。病人侥幸有了好转,全家对越巫感恩戴德,此人便趁机对病人亲属大肆敲诈,饕餮狂饮之余,临走尚大包小裹取人财物;如若病人一命呜呼,越巫即信口胡诌,编造各种理由来推脱责任,总之,万不承认是自己法术之虚妄延误了病人及时就医。村民本即少学无知,又见村中几位病者经其"作法驱鬼"后果真渐愈,便对巫师信以为真,将其奉若神明,对其百依百

方孝孺(1357—1402)

明文

顺。于是乎,请此巫师降魔之人越来越多,灾祸之家,自不待言,倾尽家财,烹羊宰牛,毕恭毕敬地等待巫师前来除魔治病;无病无灾之家,亦忙不迭地洒扫庭门,具佳酿珍馐,恭请巫师前来作法,免除其日后可能出现之灾难祸端。由是,巫师终日繁忙不已,朝于东家作法,夕于西家除魔,晨起于张家饮酒,日暮于李家食鸡,常于夜半醺醺然饱食而归。巫师作法狂呼之响、鸡羊被杀前的哀号之音、村民四处筹钱的哀叹之声,终日不绝于耳;而越巫呼天叫地之滑稽、暴饮狂啖之丑态与村民家当尽出之无奈,亦乃司空见惯情状。巫师对此非但无些许自责悔恨之意,反而恬不知耻地认定此骗术能够使其丰衣足食,飘飘然引以为豪。天长日久,此巫亦懒于伪装一副和善之态,凶残奸狡之本性渐露,时常大言

不惭、煞有介事地威吓村民道:"我乃降妖除魔之大师,上通诸神,下接地气,深具道行,法力无边,鬼怪岂敢与我对抗! 如若你们当中有谁敢得罪我,就是违背神意,十日之内,必遭天谴!"村民亦不知情,以为此人当真能够克鬼怪、通神灵,便不得不对其前呼后拥,言听计从,任其在村里明目张胆地肆意妄为,搅得村中鸡犬不宁;即便村民心中积怨载道,亦是敢怒而不敢言。毕竟,全村每家每户的"福祉灾祸"都"掌控"在巫师手中,自求多福尚且不及,又有谁敢冒天下之大不韪,如夸父追日般不自量力、抗拒神意? 然而,世间终究有不敬天地、不畏鬼神、有匹夫之勇而无君子远谋之辈。村中有一喜欢以恶作剧捉弄村民的少年,终日一副"初生牛犊不怕虎"之姿,以聚众斗殴、戏弄旁者为能事。此人怒巫师自作聪明、招摇撞骗、荒诞不经之态,便打算略施小计,对其稍加惩治,以杀其嚣张气焰,也让村民看清他的真实面目。少年暗中跟随巫师,打探清楚他的行程,知其于某日某时于某路夜归,便召集率先约好的五六弟兄分别躲在巫师归家所经之路两侧的树上,相距各一里左右,每人身上各自装有砂石若干;相约待巫师经行树下,少年手势一挥,众人便用准备好的砂石掷他。夜已渐深,巫师尚于村西赵家猛食海饮;子时已过,仍兴致高涨,不愿离去。赵家上下本已筋疲力尽,又见用全家辛苦半年之血汗钱换来的桌上美食转瞬间被巫师扫个精光,想到全家平日里省吃俭用、节衣缩食,几日不敢吃一顿荤菜,抬头再见巫师已因饱食大醉而坐立不稳,却仍厚颜无耻、意欲"添酒回灯重开宴"的贪婪丑态,更是怒火中烧。但念及其如"活佛在世",得罪他便遭恶果,全家上下又不敢张口下逐客令,一家老少只得杵在桌旁,呆呆地望着桌上杯盘狼藉之状。直至巫师醉倒桌边,一觉醒来,觉天寒地湿、疲惫无力,欲回家饱睡,方趔趄出门,觅路归家。赵家上下暗舒一口气,连忙收拾残羹,打扫房间,准备熄灯就寝。巫师行至半路,环顾四

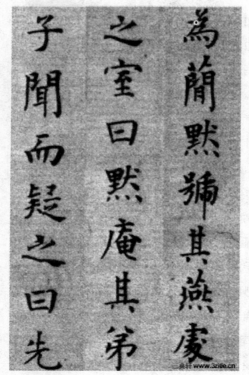

方孝孺手迹

周,四下夜黑风高、悄无人迹,心中本即恐慌;加之经年累月言及精魅鬼怪,又四处招摇撞骗、欺老害幼;更因妄下断言而使病人延误就医、死于非命……念此种种,便愈加心虚不宁,唯恐这些冤魂于夜半无人之际向其索命。越巫胆战心惊,既不敢稍作停留,又不敢快步疾走,生怕惊扰了这些冤魂。于是,只得屏住呼吸,蹑手蹑脚地碎步向前。不知不觉间,走近少年布置好的树下。少年挥下手臂,众人随即向巫师投掷砂石。巫师不知是计,举目四望,不见人影,又因多为亏心之事而惊惧不已,便一心认定是恶鬼作祟,连忙抽出袋中的"除魔"号角,边吹边跑,不敢稍加迟疑。疾跑数里,见砂石仍不绝如雨,便愈加惊惶失措,将头缩入衣衫之中,吓得不敢睁眼;慌乱之间,一脚踩中石子,跌滑在地,满面灰土,驱魔的符纸撒了一地,随风漫天飞扬。巫师亦顾不得疼痛,慌忙从地上爬起,继续飞奔。双腿酸痛不已,头也愈加胀痛,甚至奔跑之间不知双脚是否踏地。又飞奔数里,惊惧之心方略微平复,正欲稍加喘息,树上的砂石又如暴雨般铺天盖地而来。巫师已无力再跑,只得拿出号角猛吹,却双手颤抖得握不住东西。巫师努力使自己镇定,宽慰自己是驱魔大师,眼前所见皆乃假象,却仍慌得吹不出声。此刻,巫师彻底无法控制内心的惊骇,双膝跪地,两手发抖,丢下号角,蜷着身子,连滚带爬,高呼救命,声音惨烈至极。一路所闻行人脚步之声、风吹叶落之响、山涧流泉之音,皆以之为鬼,就地下拜,作揖求饶。巫师此时已是面色青紫,头破血流,状貌甚是狼狈。

巫师踉跄而归,大哭叩门。妻子睡意正浓,良久方辨识出丈夫之声,起身开门。妻子见状大惊:巫师遍体鳞伤,舌头僵缩,瞳光散漫,神志不清,只是不断以嘶哑之音喃喃自语道,"快扶我躺下!我夜半遇鬼,恐怕活不过今日了!"妻子吓得不知所措,僵立片刻,方一面大哭,一面扶巫师上床。此时巫师已是四肢僵直、周身冰冷、口吐白沫、面如死灰,不出半个时辰,便因惊吓过度胆裂而死。周身因胆汁四溢而如染青紫涂料般可怖。可悲的是,巫师至死也不知,用砂石投掷他的,是人而不是鬼。

待到拂晓,张老汉因儿子久病不愈,打算请巫师前去作法,驱病除魔;寻至其家,方知巫师已因夜半遇鬼而毙命。此闻一出,村中老少群集而至,议论纷纷,巫师家中一时间人影攒动,声言鼎沸。众人皆言此巫既言医人,却不能自医,其除妖降魔之法,恐为虚妄之术。巫师之妻乃老实本分之人,巫师在世时,惮其乖戾,因而,尽管怒其所为,亦不敢稍加妄言,终日沉默不语;如今,见丈夫自食恶果,深知善恶到头终有报,便将丈夫如何欺世盗名、招摇撞骗的始末和盘

方孝孺墓

托出。村民这才恍然大悟，痛骂巫师居心不仁，害人害己。

《越巫》作者方孝孺（1357—1402年），明代文臣、学者、文学家，浙江宁海人，字希直，一字希古，号逊志；蜀献王赐号"正学"，故世称"正学先生"。福王时追谥"文正"。"靖难之役"期间，断然拒绝为燕王朱棣草拟即位诏书，傲骨铮铮，孤忠赴难，被明皇永乐连诛十族。有《逊志斋集》传世。《越巫》出自《逊志斋集》卷六，此文乃方孝孺早年游历吴（今江苏南部）、越（今浙江北部）之时，据客人谈话所撰之寓言。方孝孺自言有感于"世人之好诞者死于诞""而终身不知其非者"而为此文，作之以为世戒。明初"尚诞""好夸"之风于此亦可见一斑。仔细想来，越巫之骗术缘何得以成功？为何村民之中竟无一人戳穿其谎言？是众人昏惑无知，还是知而不愿，抑或乃心有余而力不足？越巫之骗术之所以能够成功，取决于其抓住了众人对鬼神的陌生与畏死的心态。巫师祛病除魔的冠冕堂皇之旨乃救人于危亡之中，存其性命。常人对"死亡"有着天然的避忌，他们不愿接受死亡是同自我无关之事的认定；常人恐惧着死亡，也因此力图牢牢地把握住死亡。但孤独的此在所能看到的只是他人的死亡事件，呈现在个体眼中的是他人冰冷的尸体和家人朋友的哭声、眼泪和叹息。冰冷的尸体不能告诉你我究竟死亡是何种切身体验，"死亡"在不断被言说中逐渐褪去其予生者之于想象中的种种体认。而当死亡成为一个单纯事件之时，也即意味着对每个在世个体而言，他人的死亡同样无法真切地感知。亦即，死亡是在世个体不可超越的大限，但在世个体只能在关于常人死亡的谈论和感受中做出触及自我死亡的努力，此种努力并不能带领自我触及真正的自我死亡。但他人的死亡事件对于生者不是没有影响的，正是他人的死亡事件，使得死亡成为在世个体必须去面对的、真正将要降临的事情。在面对他人的死亡事件中，在世个体开始思考自我的死亡；但毫无疑问，此种考虑同样在不经意间转变为对自我死亡事件的恐惧。正因在世个体无法触

明文

碰与经历自我的死亡,因此,在常人眼中,不定时袭来的"死亡"便因其不可知而愈显可怖。你我永远不知道下一刻将发生什么;如若死亡突然袭临,又将遭受何种难以想象的痛楚;如此痛楚,又将持续几何……这一切,皆在悬置而无可掌控的未知之中。因此,恶死、惧死成为人之常情,一旦在世个体触及生死边界、为死亡的巨大阴影裹挟之际,一切可能使其继续存在的方式都会成为其孤注一掷的求生选择。所谓"病急乱投医",祛病除魔之越巫被奉若神明,亦在情理之中。而孔子"敬鬼神而远之"的鬼神观,使古人相信不可感知的鬼神确乎存在;面对鬼神,当不语"怪力乱神",对其敬而远之。鬼怪同死亡一样,不可为在世个体所感知。鬼怪究竟是何面容? 世人面对鬼怪,是否会成为俎上之肉? 世人为鬼怪所食的一刹那,又是何许感受? ……于是,鬼怪不定时的袭临便成为埋在常人心中的深深恐惧,种种关乎鬼怪食人之恐怖传说由此而生。因此,当一个"神通广大",自称能够降妖除魔、解救世人于死亡之门的"神巫"立于众人面前时,常人面对鬼怪与死亡时的惶惑无助于顷刻间找到了开解之途。哪怕有朝一日,他发现此巫所言皆乃虚妄,自己苦心经营的一切原是一场骗局,但内心对鬼怪、对死亡不定时袭临的恐惧却终难排遣;于是,众人宁愿捐银献两,烧香拜佛,以现实财物的失却换取想象中短暂而虚幻的安全感。越巫既无驱魔之法,又无救命之术,何以治愈众病者? 病人不愈则诿以他故,患病者众,数十百而不止,托词道尽,又能诬造几何? 天长日久,村民何能不识? 只是,举资财以奉神灵能够换取内心暂时的安宁。希直此文,旨在警世振俗,使"不自知其非者"迷途知返,勘正其身;故寓理于趣,出言诙谐,未可尽作实事真语。然于越巫诬骗却得获信赖、众人知情而无动于衷之处,则不可不深思焉!

明
文

方孝孺《画梅》

水可载舟,亦可覆舟

——苏伯衡《志杀虎》

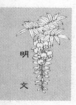

苏伯衡,字平仲,浙江金华人,生卒年不详,约元惠宗至正二十年(1360年)前后在世。伯衡乃北宋门下侍郎苏辙之后裔。父苏友龙,受业于元代学者许谦之门,官至萧山令,行省都事。后明师下浙东,友龙坐长子仕闽,谪徙滁州。李善长曾多次上奏,请皇帝以官赐之,然友龙力辞不就,归隐田园。苏伯衡自幼警敏绝伦,博洽群籍,尤有古文声望。元末为乡里所举,成为贡生。明太祖置礼贤馆,召伯衡入内,参与政务。继而迁国子学正。不久复被举荐,擢翰林编修。伯衡力辞,乞省觐归。明洪

苏辙(1039—1112)

武十年,学士宋濂致仕,太祖问谁可代者,宋濂对曰:"苏伯衡,乃臣之同乡,学识渊博,行为修善,文词蔚赡有法。可取而代之。"太祖随即征伯衡入见,伯衡复以疾辞。太祖见其无意入仕,便赐衣帛、银两而放还之。洪武二十一年,伯衡再度被起用,主管会试;事竣,复力辞返乡。不久,又被征任为处州教授,因所作之表笺中出现纰漏,下狱而死。二子苏恬、苏怡,奔走救父,终一并被诛。

苏伯衡以古文名世,著有《苏平仲文集》十六卷。《志杀虎》选自《苏平仲文

集》卷一,乃伯衡迁居高溪所作。志,即"记",故此文乃记述高溪村民杀虎之过程,并由此而做延展与生发。苏伯衡写道:

我到达高溪的第七日,听闻村中传言,有猛虎夜逾村民甲家的墙垣,叼走其家豕。豕被抓之时,咿然作声,惊醒了睡梦中的村民甲。该村民以为是窃贼翻墙而过,连忙披衣举烛,出门视之。走近猪圈仔细察看,其豕已不知所终,但见附近有猛虎足印。待及天明,此人便与两个弟弟一起沿着猛虎所留之足迹寻找被夺之豕。行至黄土陇间,只见两虎卧于草丛之中,三人遂高呼道:"这里藏有两只猛虎!恳请诸位乡里与我们共杀之。否则,不惟我家之豕被其攫夺,诸位家中所蓄之豕亦恐难逃此祸;天成日久,只恐不惟豕罹此命丧虎口之祸,众人亦难逃此死于非命之灾。"

众人闻声,亦觉有理;况同住高溪之上,一家有难,四邻自当共援。于是,全体高溪村民纷纷暂搁手中之事,出门助援。壮者操刀斧棍棒以协其擒虎,弱者持皮鼓铜锣以呐喊示威;黄发垂髫、老弱妇孺,皆前往助阵。两只猛虎见此阵势,又见村民甲与二幼弟怒不可遏,知是众人为丢豕而至;故且行且哮,以壮声威,希图以此吓退众人。然而,众村民不为所惧,击鼓鸣锣愈加用力,一时之间,

明
文

· 131 ·

武松打虎

村民呐喊之声、刀斧撞击之声、锣鼓齐鸣之声,响彻天地,震耳欲聋。二虎见状,腾空而起,村民甲的长弟迅速挥舞手中尖利的竹棍,刺向一虎腹,虎怒而以爪抓之,长弟右股被创受伤。甲之幼弟见状,奋起长戈,飞奔数里,一跃而向猛虎,使出周身之力猛刺下去。此虎为利戈所伤,血溅数尺,轰然坠地,垂死挣扎数过,顷刻毙命。另一猛虎大惊,但犹自咆哮作噬人状,以震己威;然此时猛虎之声,却早已丧失先前的轻倨狂傲,战栗仅若牛鸣。众人知其肝胆俱丧,已无心力继续为非作歹,遂径直行前而刺之,于是两虎俱毙。刳其腹而视之,豕固在也。众人将豕小心取出,又分别将两只猛虎的双足捆绑,倒挂在竹竿上,费了九牛二虎之力,方抬回村中。剥下虎皮,烹制虎肉,复杀猪宰羊,举杯高饮,庆贺此行凯旋,村中自此无害。欢娱之音,夜半未已。

听罢此事,苏伯衡感慨道:"虎是动物之中最暴戾凶狠的一类,俗语有谓'谈虎色变',即言人闻谈虎,犹如胆掉般可怖,而又安敢触犯其威!其据深山大谷之中,日攫麋鹿雉兔以自肥,环境险恶,又有何人能够冒着生命危险去击毙它!猛虎恃其残暴,终日一副说一不二的贪婪狠戾之状,《易》之所谓'虎视眈眈,其欲逐逐'是也。入集市攫夺人畜而大摇大摆、毫无避忌,却未曾料想有朝一日竟因夺得一豕而命丧黄泉,诚可悲可叹哉!世人之仰赖权势而贪得无厌、横行无忌者,闻此亦当引以为前车之鉴矣!"

文章通过村民齐心协力制服猛虎一事,警告世间"自谓威权足赖而贪欲无顾忌"之豪强统治者,贪得无厌、肆意挥霍民脂民膏终将激起百姓反抗,暴虎之下场就是前鉴。自古以来,致力于"君""民"关系之思考,劝诫、警示统治者居上而广纳谏、施仁政之文不计其数,已然为传统。孔子即言:"为政以德,譬如北辰,居其所而众星共之","道之以政,齐之以刑,民免而无耻;道之以德,齐之以礼,有耻且格",并以"水舟之喻"论君王与百姓之关系:"夫君者舟也,人者水也。水可载舟,亦可覆舟";孟子承孔子思想而下,以为"民为贵,社稷次之,君为轻",认为"以力服人者,非心服也,力不赡也;以德服人者,中心悦而诚服也";贾谊《过秦论》亦言"秦以区区之地,致万乘之势,序八州而朝同列,百有余年矣;然后以六合为家,崤函为宫。一夫作难而七庙隳,身死人手,为天下笑者,何也?仁义不施而攻守之势异也";魏征则以"仁义"为"理之本也","刑罚"为"理之末也",人君当"修君身以立德,施仁政以治国";杜牧不仅于诗中高呼"仁政",言"水旱饥荒安得无?全亏仁政早先图"(《西湖佳话·六桥才迹》),更于《阿房宫赋》中寓此理于极近其奢的描画之间:"燕赵之收藏,韩魏之经营,齐楚之精英,几世几年,剽掠其人,倚叠如山。一旦不能有,输来其间。鼎铛玉石,金块珠砾,弃掷逦迤。秦人视之,亦不甚惜。嗟乎,一人之心,千万人之心也。秦爱纷奢,人亦念其家。奈何取之尽锱铢,用之如泥沙。使负栋之柱,多于南亩之农夫;架梁之椽,多于机上之工女;钉头磷磷,多于在庾之粟粒;瓦缝参差,多于周身之帛缕;直栏横槛,多于九土之城郭;管弦呕哑,多于市人之言语。使天下之人,不敢言而敢怒,独夫之心,日益骄固。戍卒叫,函谷举,楚人一炬,可怜焦土";而张养浩《山坡羊·潼关怀古》"峰峦如聚,波涛如怒,山河表里潼关路。望西都,意踌躇。伤心秦汉经行处,宫阙万间都做了土。兴,百姓苦;亡,百姓苦"之语,更一针见血地道出在传统社会中,国之良窳对于生活在社会底层的百姓而言,并无二致。无论太平盛世,

方孝孺《松石轴》

明
文

抑或飘萍乱世,百姓皆乃苦难的承受者与赋役的承担者。在"君"与"民"两极之间,"士人"便承担起下体民情、上谏国君之重任。所谓"士"者,"不可不弘毅,任重而道远"。"士"者当"志于道"也,"天下有道,以道殉身;天下无道,以身殉道"。春秋、战国之世为上古动荡之时,孔门后学承是时士人以知识见重天下之大势与弘阔刚毅之主体责任感,以实际行动践履着士人"秉笔直书""主文谲谏"之职。及秦起西北,以武力一统中国,法苛政严,焚《诗》《书》,坑术士,士人遭空前之祸。西汉前期,治国行黄老之道,然文帝之时,已立一经博士,及至武帝建元五年(前144年),五经博士立,印有浓厚儒学底色的士人随着儒学之渐兴而地位日趋重要。东汉之时,经生即使不得重用,亦有出身,汉末太学生达三万人,足见士人盛极一时之情状。桓、灵之世,太学废弛、经学始衰,士人之地位随

之下滑。及魏革汉鼎，司马氏立国，至五胡乱华、晋室东渡，武将拥兵自重，朝代更迭频繁，"天下多故，名士少有全者"。士人朝不保夕，闭口噤言尚难逃一死，遑论秉笔直书、直言进谏？故其之于君王规箴劝诫之重要性亦陡转直降。唐初立国，李世民十分重视儒家学说，并曾多次表示："朕今所好者，惟在尧舜之道，周孔之教，以为如鸟有翼，如鱼依水，失之必死，不肯暂无耳！"在汲取过往历史经验的基础上，唐太宗将复兴儒学作为构建帝国意识形态的重要步骤。"士"便自然而然成为其"文德政治"构想的重要参与者与实践者，"士人"体察时变、治世有术之作用亦随之水涨船高。如魏征、长孙无忌、虞世南、褚遂良等一批直言无畏的谏臣家喻户晓，青史留名。北宋开国君王赵匡胤立"誓不杀士大夫及上书言事者"为祖宗家法，"百年未尝诛杀大臣"（程颐）；又实行文官政治，厚禄养士，科举取士人数激增，以布衣入仕者亦数量空前，"上之为人君者，无不典学；下之为人臣者，自宰相以至令录，无不擢科，海内文士，彬彬辈出焉"（《宋史·文苑传》）。随着宋初古文运动的发展及理学的演进与成熟，集学者、思想者、政治家于一身的士大夫明确提出"尧、舜、三王治人之道"之政治理想与"以天下为己任""先天下之忧而忧，后天下之乐而乐"之士道观。"'以天下为己任'蕴涵着'士'对于国家和社会事务的处理有直接参与的资格。因此，它相当于一种'公民'意识。这一意识在宋以前虽存在，而不够明确，直到'以天下为己任'一语出现方完全明朗了。"（余英时《士与中国文化》）宋代士大夫所倡"忧以天下、乐以天下"之士道观，成为后世理解中"士"的核心意涵。无论"士"之地位在不同历史时期如何变化，然其秉笔直书、体察时变、主文谲谏、以天下为己任之使命始终如一。"士"，亦即现代话语中之"知识人"，贵为"公众之良心"，有责任为世风

明文

诚信则立

失坠发声,薛收所谓"天子失道,则诸侯修之;诸侯失道,则大夫修之;大夫失道,则士修之;士失道,则庶人修之。修之之道,从师无常,诲而不倦,穷而不滥,死而后已。得时则行,失时则蟠。此先王之道所以续而不坠也,古者谓之继时"是也。(王通《中说》)"士"成为勾连庙堂君王与褐衣庶人之间的纽带。"士"当以宇宙内事为己分内事(陆九渊),承袭"圣圣相承,若成汤、文、武之为君,皋陶、伊、傅、周、召之为臣"之道统;虽不得其位,亦当以"继往圣、开来学,其功反有贤于尧舜"(朱熹《中庸序》)为毕生之志。概言之,"士"当以"为天地立心,为生民立命,为往圣继绝学,为万世开太平"(张载《西铭》)为己任,创业垂统,成内圣外王之两全。而时风上达、教化世人之途,又当以文章为媒介。在传统文士的理解之中,"在心为志,发口为言,言之美者为文"(司马光《赵朝议文稿集》),以耳目之娱为文章之功用诚乃野甿闺妇所识之小道,文章之本质在于,"明足以动天地,幽足以感鬼神,上足以事君,内足以事父,虽至衰世,其泽犹在"。孔子言"郁郁乎文哉,吾从周",以"文"为一国治乱之一准绳,正所谓"治世之音安以乐,其政和;乱世之音怨以怒,其政乖;亡国之音哀以思,其民困"是也。文章不仅是一个时代治乱良窳的映照,更是广施教化、献布仁义,"上德于君,下风于民,动天地而感鬼神"(范仲淹《唐异诗序》)之重要依凭。唯其"学通于天人,行无愧于俯仰"之"思无邪"者,果可以言文。因此,品行高洁、任重道远之"士",当以推明治道之"文",上谏乎君,下教乎民,约其性情之正;疏通物理,宣导下情,直而婉,微而显,教化讽谏,感悟人心,使仁者劝而不仁者惧,彰是救过,告当世,贻后来,令世人背伪合真。"士"者为文须当有为而言,言必中当世之过。而苏伯衡,正乃如此"士"者,于世风失坠之秋,为《志杀虎》之文,以虎狼之药针久沉之痌,自有其不可掩之苦心孤诣。

明

文

梦中说梦两重虚
——遗民浅唱

　　朝代如人，年命有时而尽，实乃历史生活之常态；但生活于此朝代者，亦终非尽能为"太上忘情者"。与此朝代有同命共感之人当此朝代更迭之际，常生"风景不殊而山河有异"之叹。若朝代更迭与华夷问题交织，则此份感痛尤深一层而更具群体意味。作为旧朝遗民，往日风流已是尘事如烟；然人生有梦，实为天地之善意馈赠。梦可破时间之隔，虽十年生死两茫茫，但终究一夜幽梦可还乡；梦可破空间之隔，乡关虽万里，谢桥一日还。梦中的世界自然有"物是人非"的迁变流转，但梦里的世界更多的却是慰藉"家国万里、往事如烟"的美好与温暖。只是，梦虽好，梦终要醒来；只是，你明知梦终要醒来，却犹愿为梦里之人。

正是江南好风景，落花时节又逢君

——黄宗羲《柳敬亭传》

明万历三十八年八月初八（1610 年 9
月 24 日），绍兴府余姚县通德乡黄竹浦
（今浙江省余姚市明伟乡浦口村）。御史
黄尊素家中首添弄璋之喜。不论是出于
溢美之念，还是诚有其事，总之，在后世的
叙述中，此儿降生前夕，母亲姚氏曾梦麒
麟入怀，故黄氏为其取名黄宗羲，字太冲，
乳名"麟儿"。黄尊素乃东林党人，因弹劾
魏忠贤被削职归籍，不久下狱，酷刑致
死。崇祯元年（1628 年），朝中魏忠贤势力
已除，黄尊素冤案得获昭雪。十九岁的黄
宗羲进京申冤。是时，魏忠贤已经被处以
极刑，太冲遂上疏请诛阉党余孽曹钦程、

黄宗羲（1610—1695）

明
文

· 137 ·

李实等徒。适逢刑部会审许显纯、崔应元，宗羲对簿公堂，"出所袖锥锥显纯，流
血被体；又殴应元，拔其须归祭尊素神主前；又追杀牢卒叶咨、颜文仲，盖尊素绝
命于二卒手也"。（《清史稿》）李实暗中致金三千于宗羲，求其手下留情；黄宗羲
拒之门外，上疏俱言其实，于对簿时复以锥锥。待父亲冤案彻底平反，太冲偕
诸家子弟设祭狱门，哭声达禁中。思宗闻之，叹曰："忠臣孤子，甚恻朕怀。"时称
"姚江黄孝子"。归乡后，黄宗羲益肆力于学，愤科举之学锢人，思变其弦辙。又
读尽家中藏书，不足，则钞之同里世学楼钮氏、澹生堂祁氏，南中则千顷堂黄氏、
绛云楼钱氏，且建"续钞堂"于南雷，以承东林之绪。复师从贤哲刘宗周，得蕺山
之学。

　　崇祯四年，宗羲经友人周镳介绍，于南京加入复社，成为社中主力之一。同年，入何乔远所创之诗社；后又与万泰、陆符及其弟宗炎、宗会等在余姚创建"梨洲复社"。崇祯十五年，黄宗羲科举落第。冬月初十，返余姚家中。崇祯十七年春，明亡。五月，南京弘光政权建立，阮大铖为兵部侍郎，编《蝗蝻录》，诬东林党为"蝗"，复社为"蝻"，据《留都防乱公揭》署名对其成员大肆追捕绞杀。宗羲被捕入狱。翌年五月，清军攻下南京，弘光政权解散，黄宗羲乘乱脱身，返回余姚。闰六月，余姚孙嘉绩、熊汝霖起兵抗清。黄宗羲遂变卖家产，集黄竹浦六百余青壮年，组织"世忠营"响应。顺治三年（1646年）五月，指挥"火攻营"渡海抵乍浦城下，因寡不敌众，兵败逃亡，避居化安山。六年冬，与阮美、冯京第出使日本乞兵，渡海至长崎岛、萨斯玛岛，未成而归，遂返家隐居。顺治七至十一年间，三遭清廷通缉，又家祸迭起，弟宗炎两次被捕，几处极刑；儿媳、末子、孙女接连病夭；故居两次遭火。顺治十年九月，始著书传道，并于慈溪、绍兴、宁波、海宁等地设馆讲学，四方请业之士渐至；又毕力著述，撰《明夷待访录》《明儒学案》等著作。

　　康熙十七年（1678年），诏征"博学鸿儒"，力辞不就。十九年，康熙帝命地方官督抚以礼来聘，请修《明史》，又以年老多病拒之。自此而悉力著述。然宗羲虽不赴征车，而史局大议必咨之，乞审正而后定。其常言："国可灭，史不可灭。"康熙二十二年，参纂《浙江通志》。二十九年，康熙召其进京充顾问，徐乾学以"老病恐不能就道"代辞。三十一年，黄宗羲沉疴已久，闻知贾润刊刻其《明儒学案》将成，遂抱病作序，由黄百家手录。次年，《明文海》编成，宗羲又选其精粹编为《明文授读》。三十四年七月三日（1695年8月12日），黄宗羲终因积病难返而与世长辞。遗言《梨洲末命》和《葬制或问》中，嘱家人一切从简，切勿铺张，殷殷之情见于毫末笔端：死后次日，"用棕棚抬至圹中，一被一褥不得增益"，遗体"安放石床，不用棺椁，不作佛事，不做

明文

黄宗羲《明儒学案》

七七,凡鼓吹、巫觋、铭旌、纸幡、纸钱一概不用"。其临终前致孙女婿万承勋之信中自道"四可死"曰:"总之,年纪到此可死;自反平生虽无善状,亦无恶状,可死;于先人未了,亦稍稍无歉,可死;一生著述未必尽传,自料亦不下古之名家,可死。如此四可死,死真无苦矣!"

面对明清易代,陈子龙、方以智等辈以死殉国,决绝刚烈之态,可表可叹;张岱忍辱偷生,隐居山中,以著述终老残生,毫末笔端难掩前朝遗老之悲凉;黄宗羲亦以讲学著述为业,然临终却言"死真无苦",以此生尽其情性心志,死而无怨,亦无憾矣!可是,果真若此吗?义不仕清,《明夷待访录》《明儒学案》字里行间满盈着对大明故朝斯人、斯地、斯时、斯物熟悉而切近的记忆,回首往事,满目疮痍;黍离之悲难掩,发于心而形诸文,嗟叹之情流注笔端,何可言此生已尽其志!或许,正因黄宗羲生若身陷囹圄,负重累累,死亡对其而言,已是生命之解脱,故得"死真无苦"矣!然此等心绪,又能诉于何者?也只好深埋于心,缓缓道与三十年前的自己了。

后世以黄宗羲、顾炎武、王夫之、方以智四人并举,称其为"清初四大家"。"四大家"的意义已超越了单纯的学术领域,它标明着四人的生命选择——面对"道势相争"对"道"之坚守。此种生命选择的言说渗透于文章的字里行间,比如——《柳敬亭传》:

明文

> 余读《东京梦华录》《武林旧事记》,当时演史小说者数十人。自此以来,其姓名不可得闻。乃近年共称柳敬亭之说书。
>
> 柳敬亭者,扬之泰州人,本姓曹。年十五,犷悍无赖,犯法当死,变姓柳,之盱眙市中为人说书,已能倾动其市人。久之,过江,云间有儒生莫后光见之,曰:"此子机变,可使以其技鸣。"于是谓之曰:"说书虽小技,然必句性情,习方俗,如优孟摇头而歌,而后可以得志。"敬亭退而凝神定气,简练揣摩,期月而诣莫生。生曰:"子之说,能使人欢咍嗢噱矣。"又期月,生曰:"子之说,能使人慷慨涕泣矣。"又期月,生喟然曰:"子言未发而哀乐具乎其前,使人之性情不能自主,盖进乎技矣。"由是之扬,之杭,之金陵,名达于缙绅间。华堂旅会,闲亭独坐,争延之使奏其技,无不当于心称善也。

《东京梦华录》乃宋代孟元老所作之笔记体散文,旨在追述昔日北宋都城东

京开封府之城市风貌与社会风习,展现上至王公贵族、下及庶民百姓的日常生活情景。《武林旧事》作者周密,其曾祖随宋室南渡,始居湖州(今浙江吴兴)。周密历任临安府、两浙转运司幕职,义乌知县。宋亡不仕,寓杭州。抱遗民之痛,遂致力于著述,秉"词贵乎纪实"之旨,据目睹耳闻与故书杂记,著《武林旧事》一书,详述朝廷典礼、山川风俗、市肆经纪、四时节物、教坊乐部之状,追忆南宋都城临安之遗风。太冲以《东京梦华录》《武林旧事》起篇,故国遗老兴亡之叹,犹自可见。众演史小说者中独为柳敬亭作传,自有其苦心孤诣之旨。于是,黄宗羲解说道:柳敬亭本乃"犷悍无赖,犯法当

柳敬亭像

死",为逃其罪,遂变本姓为"柳",以说书为生。其为人说书,已能倾动市人。后至江南,松江府名为莫后光的读书人见而异之,叹曰:"此人机智灵活,倘若稍加斧正,则其演技可以名世。"遂谓柳敬亭曰:"说书虽乃小道,但也必须勾画出故事中人物的性格情态,并熟悉各地方的风土人情。要像春秋时楚国伶人优孟般以隐言和唱歌讽谏,而后方能达到目的。"柳敬亭回到家里,聚精会神,反复研习。一个月后,前往莫后光处请教,莫氏言:"你说书,能够使人欢怡喜悦了。"又过了一个月,莫氏继言:"你说书,能使人悲慨痛哭了。"又过了一个月,莫后光赞叹道:"你说书,尚未开口,喜怒哀乐之情已见于前,使听众望之不能自已,盖技艺之精妙使然。"于是柳敬亭相继赴扬州、杭州、金陵等地说书,名扬于显贵

明
文

桃花扇

之间。

待宁南侯左良玉渡江南下，安徽
提督社宏域想结交左良玉，便介绍柳
敬亭到左良玉府署。左氏与柳敬亭相
见恨晚，遂让柳敬亭参与决定秘密军
务。自此，军中官无人敢以"说书人"
目柳氏。左良玉不知书，所有文檄，幕
下儒生设意修词，援古证今，极力为
之，然左良玉对此不甚满意。而柳敬
亭所言者，多来自民间俗语常谈，甚合
左氏之意。柳敬亭曾奉命抵金陵，是

落花时节

时南明朝中群臣皆畏宁南侯，闻其使至，"莫不顾动加礼，宰执以下俱使之南面
上坐，称柳将军"，而敬亭亦无所不安也。昔日柳敬亭之市井友朋皆从道旁私语
曰："此故吾侪同说书者也，今富贵若此！"

未几国变，宁南侯亦身死乱中。"敬亭丧失其资略尽，贫困如故时，始复上街
头理其故业。"既在军中久，其豪猾大侠、杀人亡命、流离遇合、破家失国之事，无
不身亲见之，且各地之方言、好尚、风习皆为其所熟，故每发一声，使人闻之，"或
如刀剑铁骑，飒然浮空，或如风号雨泣，鸟悲兽骇，亡国之恨顿生，檀板之声无
色，有非莫生之言可尽者矣"。

或言《柳敬亭传》乃黄宗羲为正文章之体式标准而作。柳敬亭为明末清初
颇负盛名之说书家，是时如吴伟业、周容等文人皆曾为之作传。孔尚任更于传
奇剧本《桃花扇》中，生动描绘了柳敬亭机智、诙谐的性格特征与豪爽、果敢、侠
义之行为举动。吴伟业《梅村集》中提及柳敬亭，言其为人能辨善恶，乐善好施，
颇有鲁仲连任侠之风；明亡后，柳氏常借说书抒一己胸中之愤慨悲凉。然黄宗
羲认为，吴伟业言过其实，未能秉笔直书，"徒欲激昂于篇章字句之间，组织纫缀
以求胜"，传记文之体式全无；故另为柳敬亭作传，以正视听。吴、黄之孰是孰非
姑且不论，然黄宗羲于《柳敬亭传》中，实乃将一己亡国之哀思点点注入于翰墨
之间。"余读《东京梦华录》《武林旧事记》，当时演史小说者数十人。自此以来，
其姓名不可得闻。乃近年共称柳敬亭之说书。……或如刀剑铁骑，飒然浮空，
或如风号雨泣，鸟悲兽骇，亡国之恨顿生，檀板之声无色，有非莫生之言可尽者
矣。"原来，数十演史小说者中，独柳敬亭能够脱颖而出、倾动市人且经久不衰，

明
文

·141·

　　盖缘其言辞之间所绽开的故国场景令众遗民内心产生同一律动,同声相应、同气相求之故。如许图景,仿佛在某个记忆的角落里,似曾相识——八百多年前,历经战乱、辗转流落江南的杜甫,在异乡重逢宫廷歌者李龟年:"岐王宅里寻常见,崔九堂前几度闻。正是江南好风景,落花时节又逢君。"(《江南逢李龟年》)柳敬亭与李龟年,成了一个时代的坐标;落花时节又逢君的一幕,就这样于刹那间唤起了过往的美丽,然后,又轻而易举地将回忆打破、碾碎,零落成泥。

明
文

一身湖海茫茫恨，缟素秦庭矢报仇

——夏完淳《狱中上母书》

崇祯十七年（1644年）三月十九日，李自成率军攻克北京。崇祯皇帝自缢于煤山脚下，明朝灭亡。

此时，颇为崇祯皇帝赏识并准备委以重任的夏允彝正居家为母服丧，听闻此信，顿觉晴天霹雳，身寒若冰。国破，家亡，"但用东山谢安石，为君谈笑静胡沙"的夙昔之志已成奢望，"东下齐城七十二，指挥楚汉如旋蓬"的仕途化作乌有……自己的一切，就这样轻易地伴随明王朝的灰飞烟灭而云散烟消。今后，所往何处？向何而生？举目四望，天旋地转，一片恍惚茫然。不知过了多久，方才逐渐清醒。对于夏允彝而言，摆在

崇祯帝（1611—1644）

面前的，仅有两条路可走——要么殉国，要么复国。蚍蜉撼树也好，螳臂当车也罢，既身为明臣，受知遇之恩，便终要奋力一搏；况自古读圣贤书，深谙"舍生取义、杀身成仁"之本，即便死，也要无愧天地，无愧良知，死得其所，方不枉此生。痛定思痛，夏允彝便前往拜谒礼部尚书兼东阁大学士史可法，商议复国大计。然而，南明弘光政权本即势单力孤，难御强敌，加之朝中众员各怀其想，军心离散，苟延残喘未及二载，便如风吹草偃般迅速崩溃。夏允彝素来以"长风破浪会有时，直挂云帆济沧海"自命，颇有"黄沙百战穿金甲，不破楼兰终不还"之豪情，岂肯轻言放弃？才不获展，却仍想于山林草野之间有所作为。恰逢是时清朝于江南的根基薄弱，义师纷起，明末俊杰义士与残余军力往往散落其间。于是，夏

允彝暗中与自己的门生、前江南副总兵吴志葵书信来往,计划合兵攻取苏州,顺势光复杭州,继而挥兵北上、直抵南京,以图收复明朝半壁河山。可惜,吴志葵志大才疏,既乏远谋,更无良策,遑论运筹帷幄、决胜千里之能。因此,营中军心懈怠,兵务废弛。苏州城不仅未被攻下,这些义军,亦大肆被杀,溃败而逃。

噩耗接踵而至,夏允彝终识大势已去,回天乏术——明朝是真的亡了。此刻,他反而愈加平静,有道是"宁为玉碎,不为瓦全",忠臣不事二主,宁可只身赴难,也决不可为苟且偷生而身事伪朝——他决定杀身殉国。众人劝其远渡福建,招兵买马,再图大业;然而,夏允彝考虑再三,终没同意。如此刚勇之士亦见怕了兵败阵亡,不仅累及手足,更让大明万世蒙羞。镇守松江之清军主将对夏允彝早有耳闻,欲厚禄纳降;夏允彝以"贞妇"自比,以示自己不事二朝之决心。

与此同时,他致书陈子龙等挚友,交办后事。待诸事安排妥当,便平静地与家人道别,并将未及完成的文集《幸存录》交予独子夏完淳手中,再三叮嘱夏完淳定要承袭父志,以图复国——虽然,夏允彝深知复国无望,但他终不死心;只是,自己无法再承受一次次的撕肝裂胆,面对一次次的鲜血淋漓。众事皆毕,夏允彝从容行至松江,在全家的目送与悲泣声中,埋头于水,呛肺身亡。

此时,夏完淳年值十五。

不可否认,夏完淳的家境可谓得天独厚。父亲身为朝廷命官,虽非涉要职高位,但年俸亦颇丰,为全家提供较为富足的生活自是轻而易举。优越的物质生活尚在其次,更为重要的是,夏完淳自小便得以接受良好的教育,不仅良师满座,家庭的启蒙教育亦不可小觑。夏完淳为夏家独子,从小即备受关注。祖母顾氏对孙子寄予厚望,时常陪其玩耍,授之以立身之道;夏允彝自儿子识字起便以四书五经相授;完淳之嫡母盛氏亦对其关爱有加,视如己出,数十年如一日地授之以理,导之以德;盛氏所出、与存古(夏完淳字存古)同父

明文

梅花图

异母的姐姐夏淑吉更是难得一见的女诗人，二人虽非一奶同胞，然姐弟情深，夏完淳曾于诗文中多次提及淑吉，认为她文采富赡，堪与蔡文姬齐名；盛氏之侄女、淑吉之弟子盛蕴贞，同为诗才颇丰之女子，加之身为夏家表亲，又甚喜作诗，与存古同声相应、同气相求、彼此影响自为情理之中；完淳同母之妹夏惠吉亦富咏絮之才；就连生母陆氏亦非寻常之辈，精通文墨，并在儿子就义后亲笔为其写下悼诗。夏完淳的家庭诚乃不折不扣的书香世家。更为幸运的是，众人皆如众星拱月般小心翼翼地调教着夏家唯一的根苗，生怕其一失足而成千古恨。夏完淳的幸运还在于他拥有一批堪称时代英杰之良师。个中对夏完淳影响之大者，首推陈子龙。陈子龙小夏允彝十二岁，二人志同道合，倾盖如故，遂结为忘年之交。陈氏品行高洁，学识丰赡，又能经世致用，堪称济世之才。陈子龙既是夏完淳之良师，又乃益友，后又成为共同进退之同仁。陈子龙而外，张溥、史可法、黄道周、岳父钱彦林、姐丈侯文中，都曾为存古之师。夏完淳自幼所受之教育，于众人而言，实在是可望而不可企及的奢谈。

优越的出身，良好的教育，夏完淳全然可以同洪承畴、钱谦益一般，剃发降清，身获一官半职，过着至少表面上衣食不愁、高枕无忧的生活；然而，因为他是夏完淳，是夏允彝之子，陈子龙之徒，是于别人总角嬉戏之年便已脱口问出"今日世局如此，不知丈人所重何事，所读何书"的卓绝少年，所以，他就要"缟素酬家国，戈船决死生"，"投笔新从定远侯，登坛誓饮月氏头"。不是每个人都愿意如此，也不是每个人都能够如此。

清顺治三年（1646年）夏，"白头军"首领吴易听闻清朝命官嘉善知县刘肃之欲"反正"，便信以为真，前往相迎，岂知刘肃之早已通知清兵埋伏四周，待吴易入门，即刻将其逮捕，送往杭州，处以死刑。清顺治四年（1647年）春，清朝任命之苏松提督吴胜兆欲反清复明，夏完淳闻之大喜，以为时机已到，急忙安排吴胜兆与浙东义师暗中会面，待万事俱备，便披甲执戈，背

陈子龙（1608—1647）

水一战。岂料吴胜兆一卒未出,其谋已泄,只得束手就擒。顺治帝大怒,敕令全国严加搜查,务必剿除"余孽"。陈子龙率先被捕,于押送途中投水而亡,以身殉国。

夏完淳亦乃朝廷重犯,名列通缉名单之中,遂终日躲藏,一度避难于岳父家中。夏七月,存古决意加入鲁王军队。临行前,拟归乡向嫡母与生母辞行。不料,刚入家门,即为事先埋伏的清军所捕,押赴南京受讯。

被押南京的八十日,是夏完淳生命中最后的时光。存古自知死期不远,便赋诗言志,以"今生已矣,来世为期"自激。《狱中上母书》便作于其身陷缧绁之时。此处之"母",既指嫡母盛氏,亦含生母陆氏。一个年仅十六、血气方刚的少年面对死亡,本即少有如张岱般苍颜白发者"劳碌半生,皆成梦幻""回首前尘,恍如隔世"的复杂心绪与苍凉之感;而当世变成死亡的背景,对"已知泉路近,欲别故乡难"与"捐躯赴国难,视死忽如归"双重情感的书写便愈显简单而纯粹。因此,夏完淳很直接地说道:"不孝完淳今日死矣!以身殉父,不得以身报母矣!"如此言说背后,多少有些对未知死亡的恐惧;毕竟,对于一个人生尚未展开便亟待被结束,对世界、对生命仍怀抱陌生而好奇的少年而言,"死亡"更多意味着痛苦与终结。但夏完淳在不经意间掩饰了这种恐惧,而代之以对家人的挂牵与复国的信念:

> 痛自严君见背,两易春秋。冤酷日深,艰辛历尽。本图复见天日,以报大仇,恤死荣生,告成黄土。奈天不佑我,钟虐先朝。一旅才兴,便成齑粉,去年之举,淳已自分必死,谁知不死,死于今日也!斤斤延此二年之命,菽水之养无一日焉。致慈君托迹于空门,生母寄生于别姓,一门漂泊,生不得相依,死不得相问。淳今日又溘然先从九京,不孝之罪,上通于天。呜呼!双慈在堂,下有妹女,门祚衰薄,终鲜兄弟。淳一死不足惜,哀哀八口,何以为生?虽然,已矣。淳之身,父之所遗;淳之身,君之所用。为父为君,死亦何负于双慈?但慈君推干就湿,教礼习诗,十五年如一日;嫡母慈惠,千古所难。大恩未酬,令人痛绝。

存古说:转眼间,先君殉国已二载有余。回想其生前披肝沥胆,呕心沥血,只为一见中兴再造之期,故至死仍心怀"王师北定中原日,家祭无忘告乃翁"之恨憾,其诚心天地可表,日月可鉴;然其冤屈,又有何人知晓?身为其子,完淳自当秉承父志,戮力克敌,以凯旋之功告慰已逝先祖,光耀在世之亲。奈何天不佑大明,吴易抗清之军刚刚崛起,遂成砧上鱼肉。本以为吴易兵败之日,即完淳受死之时;谁知上天相怜,又令完淳苟活二载,死于今时!然而,两年之中,儿子竟未能奉养二亲一日,徒令母亲(盛氏)遁迹佛门,生母(陆氏)寄人篱下,一家人东西南北,零落如转蓬,生不得相依,死不得相问。而今,完淳又将先赴黄泉,令母亲白发人送黑发人,完

夏完淳(1631—1647)

淳不孝之罪高过天矣!虽然死有重于泰山,有轻于鸿毛,完淳之死,亦死得其所。然上有双慈待奉,下有妹女待养,况我夏家本即门祚衰薄,终鲜男儿,完淳死后,老弱妇孺,哀哀八口,当何以为生?每每念此,心扉痛彻,肝肠寸断!但完淳自幼读圣贤之书,深知一己之身乃父母所予,为君王所用;如今,孩儿为君为父而死,亦无愧天地良心矣。只是,三春之晖难再报,此恨绵绵无绝期。

十六岁的少年面对死亡,更多的不是感慨,而是遗憾。令夏完淳内疚终生的,是为人子而未及尽孝,为人夫而未及尽忠,将为人父却永不能尽其责。因此,夏完淳不能不为家人的未来殚精竭虑:"慈君托之义融女兄,生母托之昭南女弟。淳死之后,新妇遗腹得雄,便以为家门之幸;如其不然,万勿置后"。将嫡母盛氏托付于姐姐淑吉(号义融),生母陆氏托付于妹妹惠吉(号昭南)。若妻子所生之婴孩为男婴,自是家门之幸;如若不然,夏完淳告诫家人万万不要领养旁人之子以为后嗣——原因很简单——"节义文章,如我父子者几人哉?立一不肖后如西铭先生,为人所诟笑,何如不立之为愈耶?"夏家的名节丝毫不容被染。复社领袖张溥别号"西铭",崇祯十四年五月初八日(1641年6月15日)病逝,钱谦益等人念其死而无后,便代为立嗣。后钱氏变节,投降清朝,明末遗民认为钱氏此举有损张溥名节。前车之鉴,后事之师,夏完淳决不允许任何人玷污家族清誉。而对于妻子,夏存古在《遗夫人书》中"夫人,夫人!汝亦先朝命妇也。吾累汝,吾误汝!复何言哉"之句或已道出其内心对爱妻最真实的想法。在家书最末,夏完淳慷慨而歌曰:"人生孰无死,贵得死所耳。父得为忠臣,子得为孝子,含笑归太虚,了我分内事。大道本无生,视身若敝屣。但为气所激,缘悟天人理。噩梦十七年,报仇在来世。神游天地间,可以无愧矣!"生于大化,归

明文

· 147 ·

于太虚，分内事了，从此无憾！

夏完淳的一生，会让人们想起很多名字：杨义，岳飞，文天祥，陆秀夫，顾炎武，郑锁南……每个名字的背后，都有一曲天地浩歌："为子死孝，为臣死忠，死又何妨。自光岳气分，士无全节，君臣义缺，谁负刚肠？骂贼睢阳，爱君许远，留得声名万古香。后来者，无二公之操，百炼之钢。人生翕歘云亡。好烈烈轰轰做一场。使当时卖国，甘心降虏，受人唾骂，安得留芳"；"死生，昼夜事也"；"生无以救国难，死犹为厉鬼以击贼"；"孔曰成仁，孟曰取义，唯其义尽，所以仁至。读圣贤书，所学何事？而今而后，庶几无愧"……即便有生之年无望承平之日，即便九死一生难见苍天复清，我仍要在生死以赴的戎马生涯中独立一枝春；即便长夜将尽，霜华漫天，囊中已遗失了箭镞，但我心中苍凉古朴的天地精神却不减当年："为天地立心，为生灵立命，为万世开太平"的襟怀担当，"风萧萧兮易水寒，壮士一去兮不复还"的悲壮苍凉，民胞物与的天地浩气，忠信节义的儒者之刚……只为重开太平世，一肩担尽古今愁。不是不懂得历史有代谢，王朝由兴衰，代代相易而随波逐浪，哺糟啜醨，如若忠君爱民，正直坚挺，亦可金玉满堂而名载汗青；不是不懂得即便为臣当守节义，一身不可事二主，一世不可事两朝，但仍可以盛世则出，乱世则隐，委身大化，无为自适，在自己营造的精神天地里鲲鹏展翅，逍遥万里。只是，初衷难改，誓约尚在，倾尽一生，亦要于连宵风雨中力擎苍天。"伏波唯愿裹尸还，定远何须生入关"，"莫遣只轮回海窟，仍留一剑到天山"，"能令四海烽烟消，万姓鼓舞歌唐尧"，"奏凯归来报天子，云台麟阁高瞧峣"……这些叩响天地的铮铮正唱，一如这些铮铮傲骨的天地男儿，会永远铭刻在茫茫寰宇之间，待后人迎声而拜。

明文

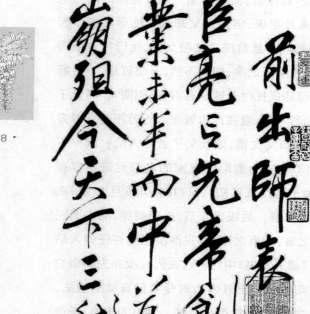

诸葛亮《前出师表》(局部)

大丈夫行事,仰无愧于天,俯无愧于地,反观无愧于良知,与君而忠,为臣而信,待天下苍生而尽仁至义,一生何憾!一生何求!跋涉于苍茫天地间,行行复行行,历尽波澜,只为澄明天下,四海清一。用生命拾起散落在世间的最后一份担当,用刚毅坚贞撑起一片天地间的海阔天空,千峰万岭,山高水长,这份明知不可为而为之的慷慨浩气,古今动容。回望苍宇,无负悠悠历史,无负天下苍生,无负飘零时代,无负古往今来,此生足矣。

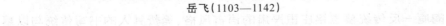
岳飞(1103—1142)

明文

举世皆浊我独清,众人皆醉我独醒

——张岱《自为墓志铭》

张岱——明清易代的文化遗民,面对满清入关,"仁义充塞,而至于率兽食人,人将相食"之"亡天下"(顾炎武语),不仅茕茕独处于蝶庵之中,温情脉脉地回忆着西子湖畔不复存在的美好,更以"谬悠、荒唐、无端崖"(庄子语)之辞,以幽冷孤峭、恣纵不傥之笔,以苍茫沉郁、悲凉苦涩之情,审视着一己之人生。《自为墓志铭》即陶庵于回眸过往中记录下的,对自我生命之理解:

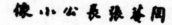

张岱(1597—1679)

明
文

　　蜀人张岱,陶庵其号也。少为纨绔子弟,极爱繁华,好精舍,好美婢,好娈童,好鲜衣,好美食,好骏马,好华灯,好烟火,好梨园,好鼓吹,好古董,好花鸟,兼以茶淫橘虐,书蠹诗魔,劳碌半生,皆成梦幻。年至五十,国破家亡,避迹山居,所存者破床碎几,折鼎病琴,与残书数帙,缺砚一方而已。布衣蔬食,常至断炊。回首二十年前,真如隔世。

　　陶庵一反传统墓志铭庄重严肃的语言风格、美赞其人的书写传统与以墓主、籍贯、生年、家谱等要素经营开篇的结构方式,于篇首仅述自己乃蜀人,号曰"陶庵",而对自己之生年、祖先功烈等不置一词;相反,却继之以夸张之语而大肆述说一己年少之极爱奢华之行为:好精舍,好美婢,好美童,好鲜衣,好美食,好骏马,好华灯,好烟火,好梨园,好鼓吹,好古董,好花鸟,外加毫无节制地饕餮享用佳茗与柑橘。总之,在陶庵的叙述中,少年张岱是个不折不扣的纨绔子弟。但"极爱繁华"而外,尚有一好——嗜书如命、赋诗成魔。然而,当昔日西子湖畔最后一分美好的挂牵被清骑一点点揉碎,当陶庵携着旧日仅存的一张破床、一盏碎几、一把枯琴、一方缺砚与几帙残书避迹山林,当面对布衣敝屣与时常有之的食不果腹、形貌枯槁,回首过往二十余载,恍如隔世。从前的古玩花鸟、梨园精舍、鲜衣美食、骏马华灯,转瞬之间被战火吞噬,所剩者唯有如许残骸。劳碌半生,本以为沉淀后的生命,会是一幅浓墨重彩的画卷,画面上镌刻着那些刻骨铭心的记忆;未曾想,到头来,却发觉空空如也,自己能够握住的,仅仅是一声叹息,一把苍凉。

于是,陶庵开始对人生——自己的,也是他者的——产生诸多质疑,冥思苦想,却终究没能找到一种说服自己的答案:

> 常自评之,有七不可解:向以韦布而上拟公侯,今以世家而下同乞丐,如此则贵贱紊矣,不可解一;产不及中人,而欲齐驱金谷,世颇多捷径,而独株守于陵,如此则贫富舛矣,不可解二;以书生而践戎马之场,以将军而翻文章之府,如此则文武错矣,不可解三;上陪玉帝而不谄,下陪悲田院乞儿而不骄,如此则尊卑溷矣,不可解四;弱则唾面而肯自干,强则单骑而能赴敌,如此则宽猛背矣,不可解五;争利夺名,甘居人后,观场游戏,肯让人先,如此则缓急谬矣,不可解六;博弈樗蒲,则不知胜负,啜茶尝水,则能辨渑淄,如此则智愚杂矣,不可解七。有此七

西湖七月半

不可解，自且不解，安望人解？故称之以富贵人可，称之以贫贱人亦可；称之以智慧人可，称之以愚蠢人亦可；称之以强项人可，称之以柔弱人亦可；称之以卞急人可，称之以懒散人亦可。学书不成，学剑不成，学节义不成，学文章不成，学仙学佛，学农学圃俱不成，任世人呼之为败家子，为废物，为顽民，为钝秀才，为瞌睡汉，为死老魅也已矣。

昔日的布衣寒士，转瞬间成了公卿侯爵；而王侯世家，今朝却如乞丐般落魄。何以贵贱之间的转换如此变幻莫测？家产不及中人，却渴慕如石崇般驱车金谷园；世上颇多捷径，却弃之不用，而如战国时齐国的陈仲子般茕茕独守在于陵之中，过着隐居的生活。何以贫富之间如此殊途一路？本为儒者出身却要戎马疆场，而战功赫赫的将军却只能于案牍边翻阅文书之流。世间何以如此指鹿为马、文武倒错？居权贵者身边而不谄媚，处落魄乞丐之中而不骄纵，如此则尊卑之界泯矣，然而世上又有几人能够做到？弱者只能被唾面而忍气吞声，强者却能单骑而赴敌，何以宽猛强弱间之差距有如鸿沟？天下熙熙，皆为利来；天下攘攘，皆为利往。世人终生为之奔忙劳碌的名利，在一些人看来，却如此轻飘，每每争利夺名，皆甘居人后；而面对名山胜水、走马游戏，却定要争为人先。何以在不同人眼中，缓急如此之相背？每个"不可解"中的后一项，都是张岱的自我描画。自己尚不可解，又安能期他人解之？富贵与贫贱、智慧与愚蠢、强项与柔弱、卞急与懒散……二者之间的界限真的泾渭分明吗？何以在陶庵的生命中，二者间的转换常常如老子所说之"祸兮福之所倚，福兮祸之所伏"？究竟，在正反转换之间，当如何定位自己的过往半生？或许，言说自我"非何者"远比定义自我"是何者"容易；因此，陶庵如此界定自我的前半生："学书不成，学剑不成，学节义不成，学文章不成，学仙学佛，学农学圃俱不成，任世人呼之为败家子，为废物，为顽

出淤泥而不染

民，为钝秀才，为瞌睡汉，为死老魅也已矣。”

陶庵在自我贬斥与自嘲式的书写中，描画了一只“拣尽寒枝不肯栖，寂寞沙洲冷”的孤鸿——高标自持，难合世俗，自来自往。正言若反，“败家子”“废物”“顽民”“钝秀才”“瞌睡汉”“死老魅”，正是陶庵标举自我孤傲不群、异于流俗的符号。在众人眼中，陶庵是“另类”，是“反常”；然而，世人却未曾想过，或许，正是自身所处的世界“反常化”了，只是自己置身其中而懵然不知，庸庸碌碌过着每一个“日常”，浑浑噩噩地被“反常化”着。于是，在世人眼中，本为正常之人却因变异了的评判标准而变成“反常”之异类，成了众人嘲讽甚至攻击的对象。陶庵之所以用在世人看来如此不堪之语来定位自我，正乃以极端的“反常态”之语，暗示“众人皆醉我独醒”——真正“反常”者恰恰是那些历经家国之变却仍自以为再“正常”不过的世人，传达对时代与世人懵懂浑噩的极度痛斥与无奈。这些“谬悠、荒唐、无端崖”之辞成了一种标志、一种区划，标示着陶庵内心的高贵、与庸碌常人的区别。它维系了一位文化遗民的骄傲与自尊——这也许是他唯一可以援以自傲的资本。“孤傲不群”的“非常态”存在成为文化遗民在穷困潦倒中自我价值的最后一点艰难确证，生命中最后一份虽然微弱却仍要兢兢自守，只因它能够真切为我把捉的烛光。“败家子”“废物”“顽民”“钝秀才”“瞌睡汉”“死老魅”这些代称，化作陶庵于无奈现实中、于他人嘲笑与错愕的表情中固执地守护一份内心的真实与自我认同之感的苦涩开解。在一系列的自嘲之后，张岱方介绍自我的生辰、字号、家世与平生著作。陶庵自幼随外曾祖父母居住，幼年染痰疾，其外太祖云谷公任职两广，藏生牛黄丸盈数簏，张岱食尽之而厥疾始瘳，前后历时十余载。六岁时，张岱祖父携其赴武林（今杭州），遇眉公先生跨一角鹿而游钱塘，对大父曰：“闻文孙善属对，吾面试之。”指屏上李白骑鲸图曰：“太白骑鲸，采石江边捞夜月。”陶庵应声而对：“眉公跨鹿，钱塘县里打秋风。”眉公大笑起跃曰：“哪得灵隽若此，吾小友也。”欲进余以千秋之业，岂料余之一事无成也哉？

张岱对自己的一生以如下数语作结：“穷石崇，斗金谷。盲卞和，献荆玉。老廉颇，战涿鹿。赝龙门，开史局。馋东坡，饿孤竹。五羖大夫，焉能自鬻。空学陶潜，枉希梅福。必也寻三外野人，方晓我之衷曲。”石崇因富绰奢靡而闻名，若去其财富，又凭何而斗奢金谷？卞和因识玉知名，若成盲者，又何能献佳璧于楚王？廉颇战功卓著，但终老矣，尚能饭否，况是重返沙场。本无司马氏之胆识才力，却强作《史记》，岂非笑谈？以上数语，皆言自己一生不得尽其才而用之。

苏轼好吃，在被贬杭州期间发明了"东坡肉"，此法一直流传至今。然而，苏轼的生命意义、其人生追求，却不甚在一碗"东坡肉"中；伯夷、叔齐不食周粟，采薇果腹，终饿死于首阳山，二人的历史价值亦不甚在于因绝食受饿而身亡。陶庵刻意强调东坡之"馋"、竹孤之"饿"，以真实而众人皆可感知的普遍人性来消解"崇高""伟大"的历史叙事。此举不啻为构建一个"常—反常"的模式以揭示时下"正常"与"反常"之颠倒错乱，人们认黑作白，以枉为直，以"反常"为"正常"；亦乃对自我渴望自由、率性、真实而有血有肉的丰满生命的传达。张岱毕生希望自己能为世所用，其初衷至死未改；然而，当家亡国破接踵而至、狂澜如倾般压向今后的生命，他既无法力挽狂澜于将倾，又无法真正两袖一甩，清风明月，便只能一面说着"'五羖大夫'百里奚岂能不依靠秦穆公而兼济天下"的怀才不遇之语，一面怀着对现实的失望乃至绝望而不断效仿东坡、陶潜、梅福面对"道不行"之际的旷达自适却又终是难能放下。如此纠缠了一生，痛苦了一生，终是徒劳，却也终不愿放开。"如果，真的有来者读到此篇墓志，知道世上曾经有一个叫作张岱的人驻足过，又因好奇而想清楚地了解他的人生究竟因何而布满'剪不断，理还乱'的纷繁结错之网；那么，就请去问问郑思肖吧，也只有他，方能明了我之衷肠。"郑思肖乃南宋遗民，原名不详，宋亡后改名思肖，因肖乃宋朝国姓"赵"（趙）的组成部分，故以"思肖"昭示自己不忘故朝。字忆翁，号所南，日常坐卧，皆面南背北，以示不忘南朝赵宋。自称菊山后人、景定诗人、三外野人、三外老夫。有诗集《心史》《郑所南先生文集》《所南翁一百二十图诗集》等。张岱距郑思肖已时隔近三百年，"必也寻三外野人"之语，自是荒唐之辞；然而，张岱是想对后世说：我与郑思肖有着相仿的人生经历与文化身份——同样经历了天柱欲折，四维将裂，经历了"异族"对"本族"的征服与统治。郑思肖擅长墨兰，花叶萧疏而从不着根土，以此意寓南宋国土已丧与自我异于"满蒙"的"华夏"文化身份。此时的张岱，如同当年的郑所南，同样是——并且永远是——"华夏"的文化遗民。张岱还想说：当你们想起去寻郑思肖时，他早已作古，但是，无论岁月几经沧桑变迁，世人心中的郑思肖，永远是那个定格于"所南心史"的郑所南。我张岱亦然——是那个于山高路远间踽踽独行的张岱；那个但凡你们提起，便会想到"世颇多捷径，而独株守于陵"的张岱；那个不肯哺糟啜醨、逐浪随波，穷其一生，也要于举世皆浊、众人皆醉的世间做一艰难自清者、独醒者的张岱。

三生石上旧精魂,此身虽异性长存

——张岱《西湖梦寻序》

明思宗崇祯十七年(1644年),清兵入关,金戈铁马打破了晚明秦淮河畔舞榭歌台的烟雨迷梦。官兵弃城投降,百姓争相逃命,是处一片"天阶踏破公卿骨,内库烧为锦绣灰"的残破败象。文人士子或如陈子龙、方以智等效仿"伯夷、叔齐不食周粟"而以身殉国,或如王夫之、顾炎武等入山著书以了残生,或如洪承畴、钱谦益等剃发降清而登科入仕。出身仕宦、寓居杭州的张岱(1597—1679年),即选择"避迹山居"、与世隔绝,以文字排解内心深沉却难以明言的亡族之痛。"国家不幸诗家兴",历经黍离之悲的张岱,为诗为文穷而益工,点滴文字流露出明末遗民"靡国靡家""恍如隔世""繁华成空""十年一梦"的悲凉;甚至其别号"蝶庵居士""六休居士"亦满载浓得化不开的愁苦。在陶庵(张岱又名维城,字宗子,又字石公,号陶庵)入清后所作之《西湖梦寻》的序言中,字里行间难掩"家""国""生命"之悲,颇值得品读与回味:

西湖

余生不辰,阔别西湖二十八载,然西湖无日不入吾梦中,而梦中之西湖,实未尝一日别余也。

前甲午、丁酉,两至西湖,如涌金门商氏之楼外楼,祁氏之偶居,钱氏、余氏之别墅,及余家之寄园,一带湖庄,仅存瓦砾。则是余梦中所有者,反为西湖所无。及至断桥一望,凡昔日之歌楼舞榭,弱柳夭桃,如洪水淹没,百不存一矣。余及急急走避,谓余为西湖而来,今所见若此,反不若保吾梦中之西湖为得计也。

陶庵提笔即书:"我实在是生不逢时!"——满满的悲苦,沉沉的愁绪,实在不知该从何说起。李清照说:"只恐双溪舴艋舟,载不动,许多愁"(《醉花阴》)——只怕那轻轻窄窄的小舟,即便撑得起我,也撑不起我这满满一腔的愁绪!我该如何是好,该何去何从呢?如此情境,实在可谓无所适从。此时的易安居士已是"如今憔悴,云鬟雪鬓,怕见夜间出去"(李清照《永遇乐》):金人南下、攻破汴京入主中原,徽、钦二帝被俘,高宗南逃,李清照亦不得不与丈夫赵明诚流落江南。能够唤起昔日回忆的古董珍玩,丢的丢,散的散,丈夫又在逃难之中弃她而亡。可她毕竟还生活在南宋朝廷的庇护之下,生活在似曾相识的装束、语言与文化之中;而张维城,却真可谓是"靡家靡国"、孤孑一身了——曾经生存于其间的"家"与"国"、一度熟识的家人与友人、标记着生命过程的藏品与物件……一切能够被追忆、被怀想的人、地、物,都随着改朝易代的车轮而零落成泥,甚至连"追忆"本身也成了一种奢望。能够证明自我"存在"过并维系其继续"存在"着的标识,都被一点点碾碎成尘。张岱成了无根无着、没有记忆与回忆的"空白者"。因此,陶庵开篇一句"余生不辰",个中所蕴藏的对昔日之留恋缅怀,对当下之悲苦哀愁,对未来之无着无奈、无所适从,何可以一语而蔽之!如许道出之言,又饱含多少未曾

明
文

史景迁《前朝梦忆》

道出,亦无从说起、不愿说起的隐痛!

接着,张岱说:阔别西湖廿八载,但西湖无日不浮现于我的梦境中;而梦中的西湖,亦未曾一日别我而去。其实,张岱只想表明:在梦中,我与西湖日日相见。然"西湖无日不入吾梦中",此言我对西湖之朝思暮想;"而梦中之西湖,实未尝一日别余",则言西湖对我之情亦然,我对西湖之深情厚谊实非吾之一厢情愿。一此一彼,两相对说,无情之西湖宛然西子含情,宛然为我而生而存之"西湖"。我生于斯、长于斯,于我而言,西湖承载着我数十年的"真"与"梦";而亦因"水光潋滟""山色空蒙"之"西湖"对我一往情深,我遂甘愿将她置于心底,细细怀想,久久珍藏。

甲午(南明永历八年、清顺治十一年、公元 1654 年)、丁酉(南明永历十一年、清顺治十四年、公元 1657 年)两年中,陶庵曾两次探访那个长驻我心的"西湖";然而,记忆中的涌金门以及商家、祁家、钱家、余家之园楼别业已不复昔日之景,徒余衰瓦残砾。梦境中于美好"西湖"的相遇,却变成现实中对残破西湖的追悼。行至断桥,昔日之舞榭歌台、夭桃弱柳,如没于苍茫洪水之中。那个曾让陶庵魂牵梦系的"西湖",支撑他于缅怀旧日中继续存活的"西湖",消逝无存。本想靠得更近,却愈行愈远;而今而后,相依为命者,唯梦中之梦耳。

据张岱自序,本文作于"辛亥七月既望",即康熙十年(1671 年)七月十六日。此时,陶庵已入"知天命"之年,一种往事成空、世事"如梦幻泡影,如露亦如电"的苍凉感溢于言外:

明 文

> 因想余梦与李供奉异,供奉之梦天姥也,如神女名姝,梦所未见,其梦也幻。余之梦西湖也,如家园眷属,梦所故有,其梦也真。今余傝居他氏,已二十二载,梦中犹在故居。旧役小溪,今已白头,梦中仍是总角。夙习未除,故态难脱,而今而后,余但向蝶庵岑寂,蘧榻纡徐,惟吾梦是保,一派西湖景色,犹端然未动也。儿曹诘问,偶为言之,总是梦中说梦,非魇即呓也。

张岱说,他的"西湖梦"所以异于李太白,乃在于一幻一真。太白"日月照耀金银台""霓为衣兮风为马""虎鼓瑟兮鸾回车,仙之人兮列如麻"的梦中之景,闻而知其为"梦",华美光艳却虚幻不真;而在自己的梦境中,二十余载前之故居、僮仆依旧,一己仿若回到当初。而此刻,置身二十年前故居中的我,感到历于目者是如此真切,如同庄周梦蝶,而彼、我两不知。究竟,是他们走进了我的梦中,还是我走进了他们的世界？抑或，我和它们本而为"一"，我在它们之"在"处在？是邪非邪，化作蝴蝶。陶庵无法跨越"梦"与"醒"之间的鸿沟，于是，他决定，每日寂卧于清冷蝶庵中，或是冥然兀坐于床榻之上，唯求保全自我的"西湖梦"。孩童们出于好奇而追问他时，偶然答之，亦乃梦里说梦，魇语呓言。此种徘徊于"梦"与"醒"之间，欲梦而不能、欲醒又无力的两难心境在张岱晚年的创作中时能见之。如《陶庵梦忆·序》：

张岱《陶庵梦忆》《西湖梦寻》

陶庵国破家亡，无所归止。披发入山，騃騃为野人。故旧见之，如毒药猛兽，愕望不敢与接。作《自挽诗》，每欲引决，因《石匮书》未成，尚视息人世。……

鸡鸣枕上，夜气方回。因想余生平，繁华靡丽，过眼皆空，五十年来，总成一梦。今当黍熟黄粱，车旋蚁穴，当作如何消受？遥思往事，忆即书之，持问佛前，一一忏悔。不次岁月，异年谱也；不分门类，别《志林》也。偶拈一则，如游旧径，如见故人，城郭人民，翻用自喜。真所谓痴人前不得说梦矣。

昔有西陵脚夫，为人担酒，失足破其瓮。念无以偿，痴坐伫想曰："得是梦便好！"一寒士乡试中式，方赴鹿鸣宴，恍然犹意未真，自啮其臂曰："莫是梦否？"一梦耳，惟恐其非梦，又惟恐其是梦，其为痴人则一也。余今大梦将寤，犹事雕虫，又是一番梦呓。因叹慧业文人，名心难化，政如邯郸梦断，漏尽钟鸣，卢生遗表，犹思摹榻二王，以流传后世。则其名根一点，坚固如佛家舍利，劫火猛烈，犹烧之不失也。

面对改朝易代的黍离之悲，张岱试图以不"苟同"于满人的发式来否定清政权一统华夏的"合法性",以"披发入山,骶骶为野人"之姿维系一己之遗民身份。巨大的人生变故使陶庵觉生平"繁华靡丽,过眼皆空,五十年来,总成一梦";但此种世事如梦的空幻之感更多源自突如其来的变故所引发的个体对未来之恐慌与绝望,而非如参禅修道之人真正了悟人生在世之悲苦与虚无。清代朴学家胡文英于《庄子独见·庄子论略》中道:"人只知三闾之哀怨,而不知漆园之哀怨有甚于三闾也。盖三闾之哀怨在一国,而漆园之哀怨在天下;三闾之哀怨在一时,而漆园之哀怨在万世。"三闾、漆园分别代指屈原、庄周。胡文英说:世人只知屈原之遗恨,却不知庄子之恨憾远甚于屈原——屈原之遗憾只是由一楚国而发,他仅仅在为江山易主而叹息;但庄周之恨憾乃在千秋万世,他是在为世间每个个体在面对存在时之无能为力而扼腕叹惋,因为生存之艰辛、生命之不自由。陶庵之悲之叹即三闾之怨之哀。他是在为一场汉人与满人间的文化斗争中汉人的败落而悲戚,为汉人之文化认同所向无方而悲戚。陶庵既无法了悟人类群体性的生存困境与苦难,便必然无法如释迦、基督般,慨然有担荷人类罪恶之力;而其终茕茕执守于江山易代、文化零落的悲景,又使其永远无法真正忘怀世情而跳脱世间,于山居中作天地间之自去自来。因此,他不断地纠缠于理想之"梦"与现实之"醒"中而又无力担荷或跳脱,以"痴人"自谓,痛苦万分。然而,陶庵终乃文人中之理想主义者,在一番挣扎之后,终要将昔日所触所感之故事与今朝所见所思之现实行诸笔墨、传诸后世。虽然陶庵无不自谦地解释道,此举之所发仅仅是出于文人的固执与好名之本性("其名根一点,坚固如佛家舍利,劫火猛烈,犹烧之不失也");但观之以《西湖梦寻·序》中"但向蝶庵岑寂,蘧榻纡徐,惟吾梦是保"之语,则分明

零落成泥碾作尘

明文

见其不能忘情故园之惨淡经营。在《西湖梦寻·序》的最后一段，陶庵不无失落却仍满怀期待地写道：

> 余犹山人，归自海上，盛称海错之美，乡人竟来共舐其眼。嗟嗟！金虀瑶柱，过舌即空，则舐眼亦何救其馋哉？第作"梦寻"七十二则，留之后世，以作西湖之影。

在山中居人之眼中，我仿佛是来自海上的"怪异者"。每每当我向他们盛赞海鲜的美味时，换来的却是被众人舐舐眼睛与一副副无比错愕的表情。可悲可叹！珍馐百味，食后即无；舐舐食者之眼，又如何能够大快朵颐呢？就是这一幕幕——我对梦中"西湖"的向往与现实中西湖的残败、现实中残败的西湖坚定着我对梦中"西湖"的执守、他乡居人对西湖的懵懂无知——促使我写下了《西湖梦寻》七十二则，希望它能够传诸后世，记录下从前"西湖"静好如初的倩影。

"苏门四学士"之一的黄庭坚在出任黄州知府时，于某日午间做了一个奇怪的梦，梦见一位鬓发霜白的老妪，口中不停地念着自己的名字，形貌甚为悲戚。

明
文

黄庭坚（1045—1105）

于是，黄山谷（黄庭坚自号山谷道人）循声行至老妪家，并喝了一碗老妪做给他的荷叶粥。待山谷醒来，竟发现嘴边留有荷叶之香。一连三天他都做了同样的梦。于是，黄山谷便顺着梦中依稀所记之路而行，竟然真的寻到了此户人家，立于门口的正是那位老妪。在与老妪的交谈中，山谷得知，老人的女儿去世已久，每逢女儿祭日之时，老妪都会连呼三日，唤她回来喝生前最喜欢的荷叶粥。黄庭坚猛然醒悟——自己的前生就是老妪之女。在书房里，山谷甚至找到了自己旧日的诗文。黄庭坚泪流满面，长跪于老妪面前。回府后，立即带轿迎接前生之母，奉养终身，以尽前世未尽之孝。多年后，黄庭坚在府衙后园栽竹一丛，建亭一间，名之"滴翠轩"，自题偈诗曰："似僧有发，似俗脱尘；作梦中梦，悟身外身。"（袁枚《随园诗话》）人生天地间，总有一些让你我曾满怀欣喜去做的事情，事后却连你我自己也说不清，道不明；总有一些擦肩而过的路人，让你我感到仿佛于昔日的某个角落里，似曾相识；总有一些初次入耳的音符，让你我觉得这些就是曾经携你我之生命飞扬翩跹于自由之境的精灵；总有一些什么，让你我的生命自然而然地回向从前的某某。

苏东坡在《僧圆泽传》中讲述了一个有关"三生石"的故事：

> 洛师惠林寺，故光禄卿李登居第。禄山陷东都，登以居守死之。子源，少时以贵游子，豪侈善歌闻于时，及登死，悲愤自誓，不仕、不娶、不食肉，居寺中五十余年。寺有僧圆泽，富而知音，源与之游，甚密，促膝交语竟日，人莫能测。一日相约游青城峨嵋山，源欲自荆州沂峡，泽欲取长安斜谷路，源不可，曰："行止固不由人。"遂自荆州路。舟次南浦，见妇人锦裆负瓮而汲者，泽望而泣："吾不欲由此者，为是也。"源惊问之，泽曰："妇人姓王氏，吾当为之子，孕三岁矣！吾不来，故不得乳。今既见，无可逃者，公当以符咒助我速生。三日浴儿时，愿公临我，以笑为信。后十三年，中秋月夜，杭州天竺寺外，当与公相见。"源悲悔，而为具沐浴易服，至暮，泽亡而妇乳。三日往视之，儿见源果笑，具以告王氏，出家财，葬泽山下。遂不果行，反寺中，问其徒，则既有治

西湖寻梦

命矣！后十三年,自洛适吴,赴其约。至约所,闻葛洪川畔,有牧童,扣牛角而歌之曰:"三生石上旧精魂,赏月吟风莫要论;惭愧情人远相访,此身虽异性长存。"呼问:"泽公健否?"答曰:"李公真信士。然俗缘未尽,慎勿相近,惟勤修不堕,乃复相见。"又歌曰:"身前身后事茫茫,欲话因缘恐断肠;吴越山川寻已遍,却回烟棹上瞿塘。"遂去不知所之。

圆泽知其转生命运之不可逃,遂与李源约定,在其转世后十三年的中秋之夜,与李源于杭州天竺寺外相见。后十三载,李源如期赴约,至当初二人约定之处,见一牧童扣牛角而歌之曰:"三生石上旧精魂,赏月吟风莫要论;惭愧情人远相访,此身虽异性长存。"李源亦悲而和之曰:"身前身后事茫茫,欲话因缘恐断肠;吴越山川寻已遍,却回烟棹上瞿塘",遂不知所终。此身虽异,然此性长存,哪怕身前身后,往事茫茫而不可寻,但三生石上已然千古留驻了你我之情分。因此,你我昔日间赏月吟风之乐,不必再论,亦不须再论——它已牢牢铭刻于三生石的生命之中,不会随时间的消磨、容颜的变迁而模糊。在张岱的生命中,梦里的"西湖",就是他的三生石,他以内心执守的那份文化"孤独"与梦中的"西湖"相约相守,"西湖无日不入吾梦中,而梦中之西湖,实未尝一日别余也"。那个曾在西子湖畔停驻,并誓以一生为之殉亡的旧精魂,是晚明遗民饱含苦涩却援以为傲的文化与生命担当。

明
文